WET SAND

DOYAK

WET SAND

HOLY COFFEE
Tuut
Ponasonic
Karaoke
Tut
Tuuut
Tut
Tut
Tut
Tuuut
Was für ein Ra-dau! Gab es etwa einen Unfall?
Fwomp

Mia's Cantina
Hier ist wirklich jeden Tag was los.
Puh ...
Fwipp Fwipp
Sst

Pzz
Pzz
Pzz
Die Fotos kommen heute wirklich gut raus.
Pzz
Huch?
Da drüben steht ja jemand.
Oh …

... er ist es.
Der Typ, um den Alex kürzlich so viel Wirbel gemacht hat.
Er soll wohl vor ein paar Tagen eingezogen sein.

...
Pzz
?
Oh!
Hibbel
Hibbel
Swusch
Klingeling

...
Fffh
Mia's Cantina
Hey
...
Fsss

... wir treffen uns wieder, oder?
Ich lass meine Nummer hier ...
... also ruf mich an, ja?
Sicher.

Warum bin ich weg-gerannt?
Was hab ich mir nur dabei ge-dacht?
Haah
Haah
Als sich unsere Blicke trafen, bin ich einfach in Pa-nik geraten!
Nicht dass er denkt, ich hätte heimlich Fotos von ihm gemacht ...
...
Domm
Selbst ich würde das denken, wenn jemand so wegrennt.
M... Mir ist nur der Finger aus-gerutscht ...
Was machst du da? Ist deine Schicht nicht zu Ende?

...
Mr Shin.

Lange nicht gesehen.
Haaah
Ich hab doch gesagt, du sollst nicht mehr zu mir kommen.
Glaubst du, ich bin hier, weil ich dich vermisse? Mach dich nicht lächerlich.
Tapp
Tapp
Du hast so viel Aufhebens darum gemacht, wegzugehen, aber hier bist du gelandet?
Wieso ist es so staubig?
Fwupp
Ich verstehe dich wirklich nicht.
Komm einfach zur Sache.
Noch ein weiterer Job.
Es ist nichts Großes. Dasselbe wie immer, abholen und ausliefern.
Einfach, nicht wahr?

Das ist das letzte Mal ... Danach bin ich fertig.
Grins
Warum? Brauchst du kein Geld?
Hat Jason dir deine restlichen Schulden erlassen, oder was?
Blick
Blick
Es ist noch nicht zu spät. Du kannst immer noch zurückgehen und betteln.
Wie viel wirst du hier schon verdienen ...
...
Wow, bist du ein sturer Bock! Gut, ich gehe.
Los, wir zischen ab. Es ist kalt ...
Ja, Boss.

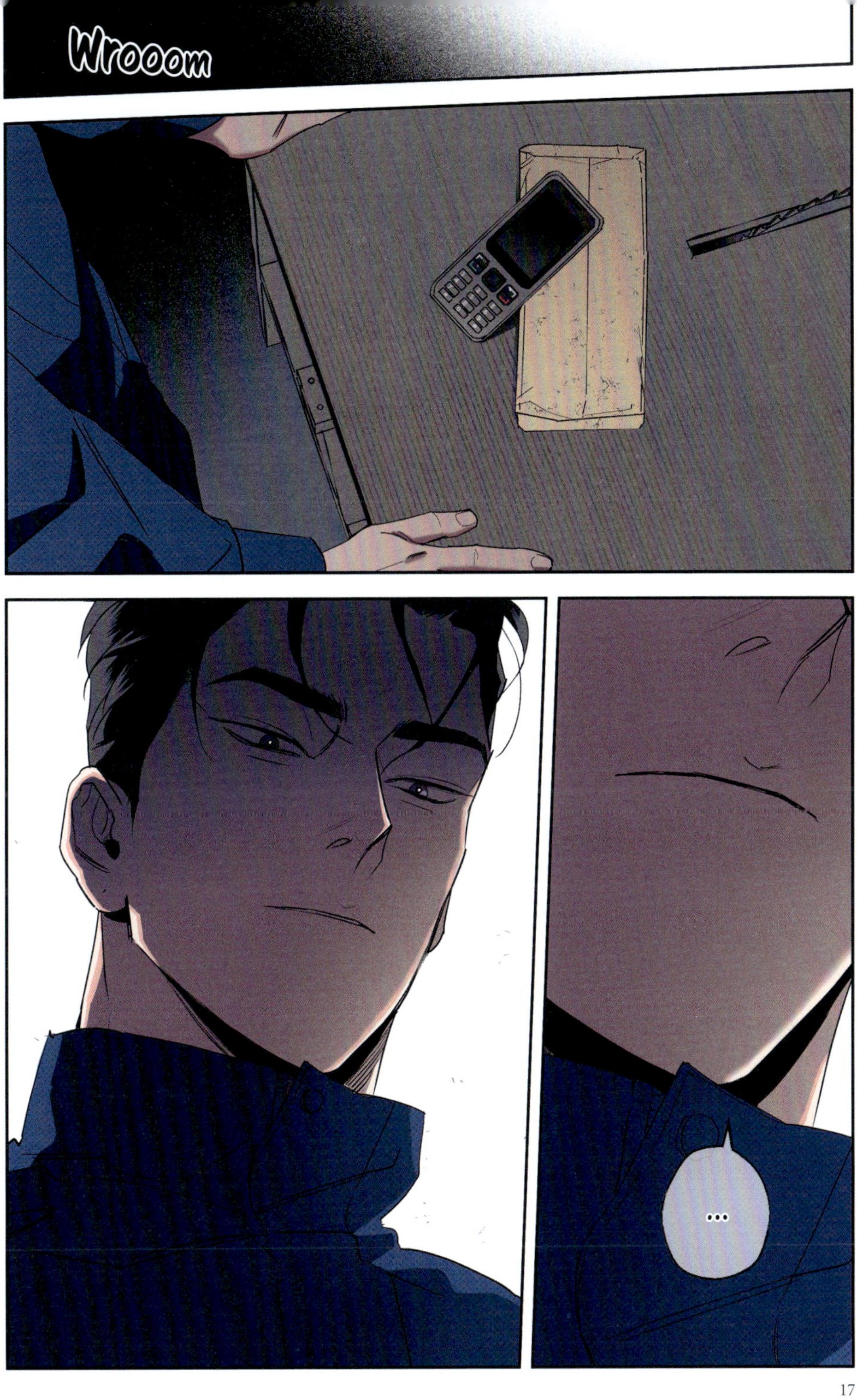
Wrooom
...

Klank
Klank
Klank
Mia's Cantina
Was ist?
Nichts.
Offenbar ist er heute nicht da.
Es war völlig absurd …
Und dann hat dieses Arschloch …
Klack
…?

Hab ich vergessen, die Tür abzuschließen?
!
Ich gehe vorher noch duschen, okay?
Tapp
Du solltest besser gehen.
Bwapp
Uwah!
Was soll das?
Warum? Hast du nicht aufgeräumt, oder was? Ist mir e...
Katschack
Sorry.
W...
Was zum Teufel?
Dieser Spinner! Was für ein Reinfall!
Die Gutaussehenden sind immer so ...
Grummel
Grummel

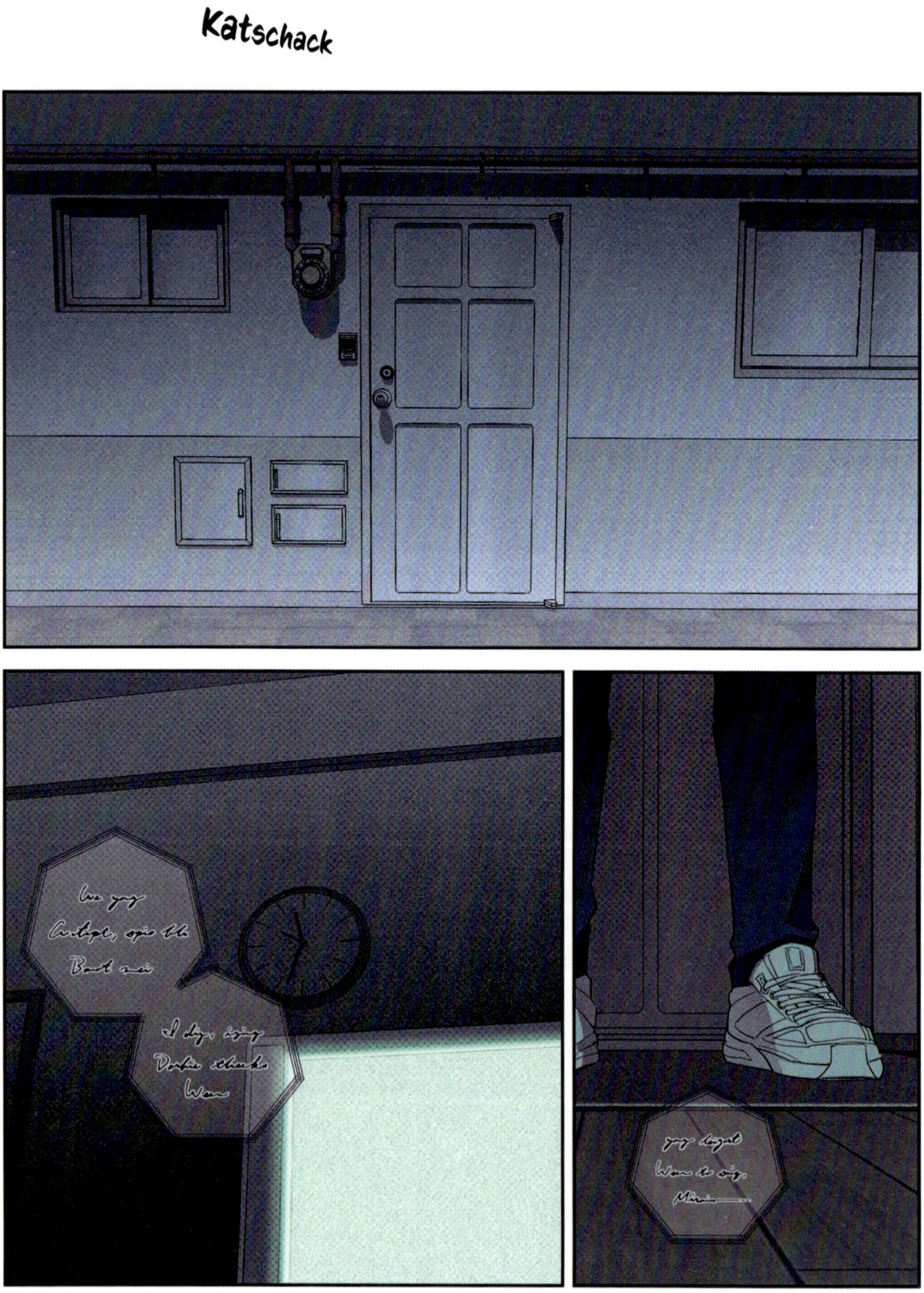
Katschack

Klack
...
Hey, Young-woo.

Deine neue Bude ist echt mies.

...
Du hättest ihn ruhig hereinbitten sollen.
Krrrt
Ich dachte, du kommst erst in einer Woche wieder?

Ich warte schon eine ganze Weile.
Es wäre nett gewesen, wenn du mir Bescheid gegeben hättest.
Bleibst du nach der Arbeit immer so lange weg? Wo hast du den denn aufgegabelt?
Ich konnte dich nicht erreichen.
Tapp
Du bist einfach umgezogen, ohne es mir zu sagen.

Das hat mich verdammt wütend gemacht.

Tae-
joon.
Pack
!

...
Sst
Mhm
...!

Slick
Hast du mich nicht vermisst? Das letzte Mal ist schon einen Monat her.
Wamm

...
Natürlich hab ich das.

Tipp
Klingeling
Hey, ich bin's!
Zuck
Huch? Oh, hey …
Hä? Was hast du dir angeschaut, dass du so überrascht bist?

Nichts. Wer sagt, dass ich überrascht bin?
Ach ja, Mama hat dich gebeten, heute auf dem Heimweg Milch und Eier mitzubringen.
Du hast dir was Unanständiges angesehen, oder?
Hi hi
Das hab ich nicht.
Hey, Mia!
Hey, Alex! Machst du mir bitte ein paar Pommes?
Wie lief das Geschäft heute?
Wie immer ...
Grins
Sie wird ihrer Mutter immer ähnlicher.
Ich sollte es löschen, oder?

...
Ach ja.
Starr
Wo ist eigentlich Chris?
Keine Ahnung.
Ich kann ihn nicht erreichen.
Ich glaube, er treibt sich zurzeit wieder mit diesen zwielichtigen Typen herum.
Was?!
Willst du nicht einmal mit ihm reden und ihn zur Vernunft bringen?
Er hört weder auf Mama noch auf mich.
Hier sind deine Pommes.
Wow! Danke, Alex!
Chris ... Dieser Bengel ...
Haaah

ugh
Ich hab schon genug um die Oh-ren.
Tipp
Tipp
Flomp
...

Wenn ich ihn das nächste Mal treffe, werde ich alle Missverständnisse ausräumen.
Ich mag es nicht, zu Unrecht beschuldigt zu werden.

Fwopp
Vrrr
Vrrr
Vrrr
Geh ran. Es klingelt schon seit einer Weile.
Ah, so ein Mist!

Brüll
Was ist?!
Wenn ich nicht range-he, ruf mich einfach später zurück! Warum …
…
Was?!
Hah … Okay … Ich bin gleich da.
Was ist los?
Jasons Zustand hat sich ver-schlechtert. Alle sind im Krankenhaus.
Und sie wollen, dass ich schnell komme.

Warum das lange Gesicht? Bist du besorgt? Willst du ihn auch besuchen?
Das sollte ich …
Was ist das da eigentlich …?
Ach, halt einfach die Klappe und nimm es.
Ich hab doch noch gar nichts gesagt.
Wenn es dir nicht gefällt, schmeiß es weg.
…
Sst

Flopp
Ugh, hätte ich das gewusst ...
... hätte ich dich sofort genommen.
Geh schon ...
Ich dachte, du musst sofort gehen?
30 Sekunden.

Ritsch
Da wir gerade von Jason sprechen ... Er ist immer seltener bei Bewusstsein. Er hat nicht mehr viel Zeit.
Quiee
Du solltest ihn wenigstens einmal besuchen, bevor du es später bereust.

...
Ratsch
Uwaaah!
Haaah
Verdammt, jedes Mal wenn ich ihn sehe, werde ich an die alten Zeiten erinnert ...
?

Hm? Er war also doch da.
Ich schätze, sie schließen um diese Zeit.
?!
PZZ
PZZ
PZZ
Lins
...
Mist! Heute ist echt nicht mein Tag.
Ugh, das stinkt.

Hi hi
Pfft!
Was für ein seltsamer Typ ...

WETSAND

Hah
...

Hm?!
Sst
Was zum
...?
Wie ist das passiert?
Swt
Mh
Swt
Swt
Ah

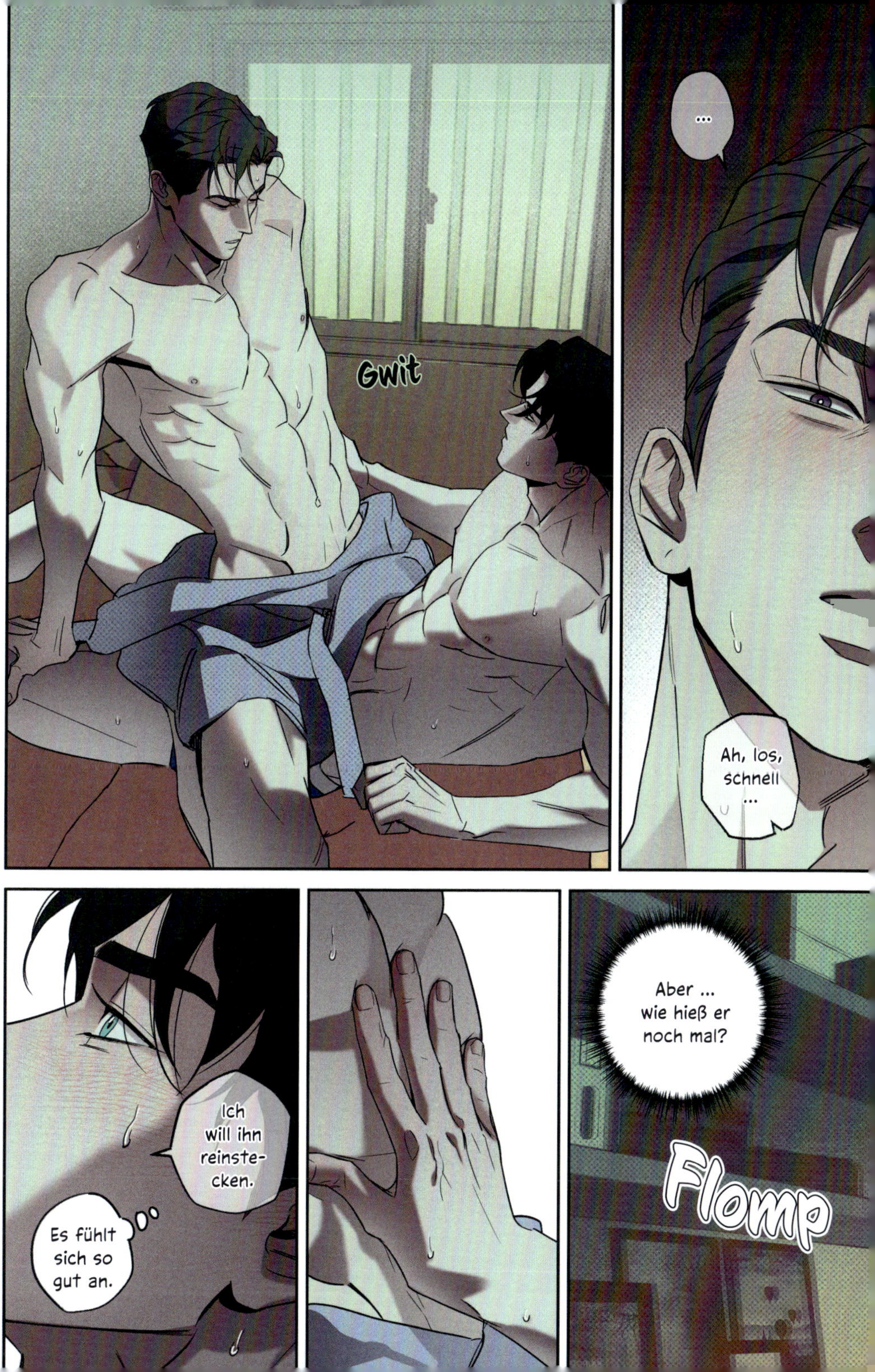
Gwit
...
Ah, los, schnell ...
Ich will ihn reinste-cken.
Es fühlt sich so gut an.
Aber ... wie hieß er noch mal?
Flomp

Hey …
… du träumst echt davon, mit mir zu schlafen, obwohl du nicht mal meinen Namen kennst?

W… Was?

Du bist wirklich ein Perverser, oder?

Mia's Can
Patsch
Haaah
Hey, du wirkst, als ginge die Welt unter! Ich kann dich bis hierher seufzen hören!
Behalt das doch nicht für dich, Arschloch! Wenn du was auf dem Herzen hast, lass es raus!
...
Vergiss es einfach ...
Ich muss mir das von dir nicht anhören.
Was?!

Ich kann nicht glauben, dass ich so einen Traum von einem Fremden hatte.
Vielleicht ist es einfach schon zu lange her?
Immerhin hab ich mich schon vor einer Weile von Destiny getrennt.
Murmel
Murmel
Und seitdem hab ich auch niemanden mehr getroffen.
Oder vielleicht hab ich wirklich eine Vorliebe für Männer, die mir nicht bewusst war?
Mia's Cantina
Das ist alles nur die Schuld dieses verflixten Fotos.
Vielleicht hatte er im Traum recht und ich bin wirklich ein Perverser …
Hallo.

Oh!
Ah
...
Habt ihr für heute geschlos-sen?
Was?
Äh, ja. Wir haben gerade zu-gemacht ...
Warum muss er ausgerechnet jetzt auf-tauchen?!
Okay, dann ein andermal ...
Augen-blick!

?
Es tut mir wirklich leid. Ich hab nicht Sie fotografieren wollen, sondern …
Wenn Sie wegen dieses Fotos hier sind …
Foto?
Was für ein Foto?
Ich hab aus Versehen ein Foto von Ihnen gemacht …
Sind Sie nicht deshalb hier?
Was? Ähm …

Ach, das haben Sie gemacht?
Ich dachte, Sie haben versucht ein besseres WiFi-Signal zu bekommen.
...
D... Das ist so was von peinlich!
Oh ...
Zeigen Sie mal.
...
!

Das Foto.
Da ist doch nichts Genaues zu erkennen.
Fwoh
Klick
Das ist es?

...
Ich interessiere mich sehr für Fotografie und mache deshalb aus Gewohnheit viele Fotos.
?
Ähem
Ich hab das Foto dann absichtlich behalten ... für den Fall, dass es ein Missverständnis gibt. Aber ich werde es gleich wieder löschen.

...
Warum sagt er nichts? Ist er wütend?
Wie heißt du?
Joseph ...
Joseph Landi. Du kannst mich einfach Jo nennen.
Lösch das Foto nicht, Jo.
Tipp

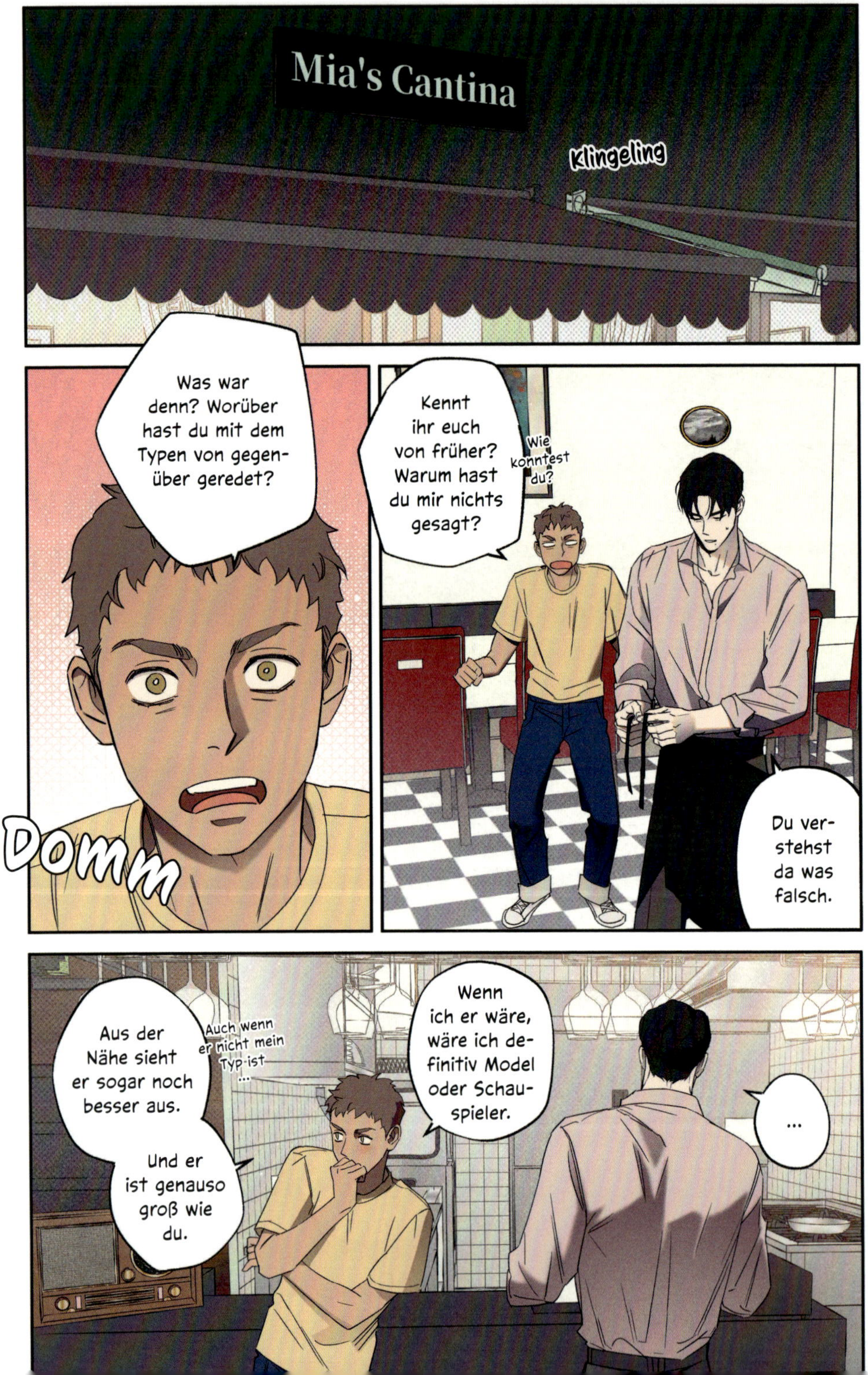
Mia's Cantina
Klingeling
Was war denn? Worüber hast du mit dem Typen von gegen- über geredet?
Domm
Kennt ihr euch von früher? Warum hast du mir nichts gesagt?
Wie konntest du?
Du ver- stehst da was falsch.
Aus der Nähe sieht er sogar noch besser aus.
Auch wenn er nicht mein Typ ist ...
Und er ist genauso groß wie du.
Wenn ich er wäre, wäre ich de- finitiv Model oder Schau- spieler.
...

Hey, hörst du mir überhaupt zu, Jo?
Das nächste Mal komme ich, bevor ihr zumacht.
Ja, gern!
Wir schließen um 23 Uhr, aber die Küche macht schon um 21 Uhr zu, wenn du also vorher kommst ...
Ach ja ...
Ian.
Pardon?
Das ist mein Name.

Er heißt also Ian ...

Tut
Tut
Tuuuut
Domm
Domm
Domm
Domm
Domm
Zeu

Quiee
Domm
Domm
Domm
Domm
Domm
Domm
Domm
Domm

Pschhh
Hey, hast du den Typen gesehen, der gerade gegangen ist? Der war verdammt heiß.

Hey!
Wow, du bist echt schnell.
Ich bin völlig außer Atem.
Wir haben gesehen, wie du den Club verlassen hast. Hast du vielleicht Lust mit uns abzuhängen?

Sorry, aber ich hab schon was vor.
Schade …
Kann ich wenigstens deine Nummer haben?
Tuuut
Hey!
Siehst du? Ich hab's doch gesagt.
adidas
So ein Pech. Der ist total mein Typ.
Wow, du hast es immer noch drauf, wie ich sehe.
Hi hi
Fahr einfach los.

Du hast getan, was ich dir gesagt habe, richtig?
Ja.
Selbst Gangster müssen heutzutage Köpfchen haben, um diese Art von Arbeit zu erledigen.
...
Ich weiß, der Job war unter deiner Würde, aber du verstehst das, oder?
Du bist der einzige Nicht-Junkie, den ich mit so etwas betrauen kann.
Tipp
Tipp
Drring
Piep
Okay. Wir sind hier auch fertig. Ich fahre in rund 15 Minuten los.
Wir treffen uns.

Klack
Hey, Ian!
Gute Arbeit heute Abend! Warte nur ab, es wird schon bald große Neuigkeiten geben.
Lass mich ab jetzt einfach in Ruhe.
Grummel
Ugh, kaltherzig wie immer, der Kerl.

Haaah
Idiot ... Wäre er an Jasons Seite geblieben und hätte sich ruhig verhalten, wäre er längst stolzer Besitzer einer Zweitwohnung in Manhattan.
Vrrr
...
Wow, als könnte er hellsehen ...
Vrrr
Vrrr

Hallo? Wenn man vom Teufel spricht. Dein Timing ist wirklich unfehlbar.
Ja ja!
Natürlich! Ich hab alles getan, was du gesagt hast.
Nur mal aus Neugierde ...
... was ist mit Ian passiert?
Ist das alles wirklich notwendig?
Zu viel Neugier ist ungesund.

Was?
Ähem
...
Wie auch immer. Du hast mir letztes Mal den Arsch gerettet.
Lass uns nächstes Mal einen trinken gehen
...
Okay, bye.

...
Verdammt, das hab ich erst gestern gekauft.

Dieser Arsch!
Hätte ich ein zweites Mal gefragt, hätte ich sicher meine Beerdigung planen können.
Es gab eine Zeit, da waren die beiden unzertrennlich, wie Blutsbrüder.
Aber ich schätze, am Ende ist jeder sich selbst der Nächste.
Unser Mr Shin ...
... hat sich zu sehr mit diesem Arschloch eingelassen.

Schepper

Klack
JIMM
JIMMY
Jimmy
...

Tapp
Tapp
Stopp
Bist du Jimmy?
Hm?
Ja …

LEE KEE
LOCK SMITH
Ich bin ein Freund deines Vaters.
Er hat mich gebeten, vorbeizukommen, also kümmere ich mich eine Weile um den Laden.
...
Er sagte, er wird in einer Stunde zurück sein.
Lins
...
Stille
Wirk-lich?
Ja. Magst du heiße Scho-kolade?
Da drüben ist ein Laden, der wirklich leckere macht. Willst du eine?
...
Sie haben auch riesige Marshmal-lows.
Nick
Nick
Okay.

G BULIDI
Oh!
Da ist ja
Papa!
J...
Jimmy!
Bwapp
...
Wir ha-
ben heiße
Schokolade
getrunken.
Gwit
...

Auf Wieder-sehen!
Ja. Willst du es über-prüfen?
Habt ihr es?
Nein, schon gut.
Ich bin müde ...

Klingeling
...!
Oh ...

Hallo!
Wink
...
Fwuah
Sst
D... Das war total übertrieben, oder?
Arbeitest du dort jeden Tag?
Nein, am Sonntag und Montag haben wir geschlossen, dann hab ich auch frei.
Verstehe ...
Wollen wir dann am Sonntag zusammen ein Bier trinken gehen?

Wie wär's?
Was?
Willst du nicht?
D... Doch! Gern!
Okay, dann am Sonntag um 18 Uhr vor dem Laden, ja?

Okay.
Mia's Cantina
...
Was ist los mit ihm?

Freu
Freu
Warum hat er heute so gute Laune? Das nervt.
Ist was?
Hattest du ein Date?
Nein?
Heute ist Samstag, nicht wahr?
Ja.
...
Er verhält sich wirklich seltsam.

Es war eine Zeit lang ruhig, aber gerade in dieser Woche gab es eine Reihe von Vorfällen in Zusammenhang mit unserem Fall.
Der stellvertreten-de Anführer der Organisation liegt im Krankenhaus, also fallen sich alle gegenseitig in den Rücken. Keiner von diesen Typen hat Prinzipien.
Es ist eine Art Koalition aus Straßengangs. All das war unver-meidlich, seit sie angefangen ha-ben Mafia zu spielen.
Ich hab gehört, dass Jason Kims K35 die einflussreichs-te Gruppe unter ihnen ist.
Das stimmt. Sicher hast du das auch gehört, als du in diese Ein-heit kamst …
… aber TJ ist derjenige, der die asiatischen Gangs zusammenge-bracht hat.
Das Beängstigende an ihm ist, dass er trotz seiner zahlrei-chen Vergehen nicht vorbestraft ist. Wenn wir ihn erwischen …
… wird ein Kopf nach dem anderen rollen, darunter Staats-anwälte, Buch-halter, Politiker und mehr.
Ich schätze, es wird verdammt schwierig sein, gegen ihn vor-zugehen.

...
Falls Jason stirbt, werden die Dinge noch viel chaotischer werden.
Hi hi
Übrigens gab es ursprünglich noch einen weiteren Anführer von K35 ...
... ah, wir sind da.
Quiiie
Hier wollten Sie mich herbringen, Sir?
Wollten Sie mich nicht zu einem einfachen Essen einladen?
Folge mir einfach.

Tapp
Tapp
Finden Sie nicht, dass das ein bisschen zu viel ist, Sir?
Ha ha ha
Ich wusste nicht, dass Sie solche Lokale ...
Schwing
?!
Willkommen. Ich war ein bisschen zu früh da.
Ich hab bereits ein Menü für uns bestellt, ich hoffe, das ist in Ordnung?
Was ...
Was zum Teufel?!
Ist das nicht TJ?!
Ich hatte heute wirklich Lust auf chinesisches Essen.

Detective Palmer, wie können Sie ...?!
Beruhige dich, Harry!
Bwamm
Ugh ...
Denk gut nach, Harry Hunter!
Ich eröffne dir hier eine Chance!
...
Shit, ich wusste, da stimmt was nicht ...
Was halten Sie davon, wenn wir uns für Sie darum kümmern?
Wie ich höre, befindet sich Ihre Tochter in einem kritischen Zustand.
Und Sie warten schon lange auf die Transplantation, weil es keinen Spender gibt.

Und was soll ich dafür für Sie tun?
Was? Ha ha ha!
Warum so ernst? Wir würden es nicht wagen ...
... einen Detective darum zu bitten, etwas für uns zu tun.
Was dann?
Es muss doch etwas geben, was Sie von mir wollen.
Tun Sie einfach nichts.
Nichts ...?
Schnipp
Ich tue das nicht, um Sie zu drangsalieren.
Sie sind Detective Palmers neuer Partner.

...
Wir treffen uns hier nicht nur zufällig. Also könnten wir doch beide davon profitieren?
Wenn Sie kooperieren, werde ich Ihnen in Zukunft in vielerlei Hinsicht helfen.
...
Mit allem, was Sie wollen.

Mia's Cantina
Cafe d
Bin ich zu früh?
Aber ich habe seine Nummer nicht und will nicht, dass wir uns verpassen.
Wuschel Wuschel
...!

Chris?!
Wirbel
Zuck
Jo?
Chris! Hey, komm her!
Swusch
Haah
Was soll das? Du kleiner ...!
Haah
Weißt du, wie besorgt deine Mutter ist? Was zum Teufel hast du getrieben?
Du bist nicht zu erreichen und kommst nicht nach Hause.
Haah
Haah
Gnn
Gnn
Ugh ...!

Sag schon! Hängst du etwa wieder mit dieser Bande ab?
Das hat seine Gründe ...
Und die wären? Ich werde deiner Mutter nichts erzählen, also sag mir, was los ist.
...
...
Pack
Chris Banks!
Nun, die Sache ist die ...
Warum zur Hölle ist er an einem Sonntag beim Restaurant, verdammt!
Wurdest du wieder verprügelt? Haben diese Kerle das ...
wack
Jo?

Stimmt etwas nicht?
Oh? Ian!
...?
Sorry, ich muss nur kurz mit diesem Dummkopf reden ...
...
!!

!
Bwapp
Tatapp
Chris!
Dieser Rotz- bengel ...
Soll ich ihn schnap- pen?
Nein. Er ist mein Cousin, und ich glaube, ich weiß, wo er sich aufhalten könnte.
...
Übri- gens ...

... du bist zu früh da.
Ich bin auch eher gekom-men.
Ich wollte nicht, dass wir uns ver-passen.

Drring
Drring
Piep
Hey, was ist?
Hey, hey ...
Ich bin gerade Jo begegnet und rate mal, wen ich noch gesehen habe!
Wer zum Teufel ist Jo?
Mein Cousin Joseph, du Arschloch!
Ian war bei ihm!
Ja und? Was kümmert mich das?
Ian?
Welcher Ian? Etwa der K35-Ian?
Ja! Der Ian Shin!

Tapp
Tapp

...

Klatter
Flapp
Flapp
Warum bewahrt er diesen alten Plunder auf?
Eine Verschwendung, nicht wahr? Er war wirklich gut.
Flopp
Erschreck mich nicht so. Sag doch was, du bist lautlos wie ein Geist.
Ich schätze, das ist so, weil ich bald sterben werde.

Wie lange willst du noch diese schlechten Witze machen?
Wie geht es dir, seit du hier bist?
Du siehst besser aus als das letzte Mal.
Viel besser. Verglichen mit dem geschmacklosen Krankenhausfraß und dem Zählen der Muster an der Decke ist dies der Himmel.
Nun, abgesehen vom endlosen Entrümpeln des Hauses.
Übrigens hab ich gehört, dass du dich von dieser Frau getrennt hast.
Warum ist das das Erste, was du erwähnst?
Es ist meine Sache, ob ich mit jemandem Schluss mache oder nicht. Kümmere du dich einfach um deine Gesundheit.
Du bist bereits Mitte dreißig. Wann willst du heiraten?
Ich kümmere mich schon darum, wenn es so weit ist.
Warum machst du dir Gedanken darüber, ob andere heiraten?

Na, weil du dich nicht selbst darum kümmerst.
Du musst heiraten, ein Fundament schaffen und Kinder bekommen, damit du das Vertrauen der Jüngeren unter dir gewinnen kannst.
So ein alter Greis …
Ich werde für dich Verabredungen mit ein paar Mädchen arrangieren. Sieh zu, dass du zu allen Treffen erscheinst.
Wie lange willst du noch allein leben, so ganz ohne Familie?
Ich hab Familie.
Ich habe Youngwoo.
Nein, nicht so. Ich meine eine »richtige« Familie.
Was soll das heißen? Familie ist Familie.

Du warst es doch, der gesagt hat, Youngwoo gehöre zur Familie.
Ich hab nur auf dich gehört.
Dosch
Gehst du schon?
Iss doch noch mit uns zu Abend.
Danke, aber ich muss los.
Jihu, komm mal her.
Hier ist etwas Taschengeld für dich. Hör auf deine Mutter und deinen Vater.
Danke, Onkel.

Tut mir leid, Taejoon. Ich glaube nicht, dass ich mein Versprechen halten kann.
Was sollte diese Senti-mentalität? Das ist gar nicht seine Art ...

Deshalb hab ich meinen Job in der Firma gekündigt und bin zu meiner Tante gezogen, um ihr zu helfen.
Jetzt, wo ich darüber nachdenke, war das ziemlich leichtsinnig ...
War es das? Ich denke, es ist ziemlich cool.
Cool ...
...
Aber dank der Arbeit im Restaurant hab ich dich getroffen, Ian, also hat es auch was Gutes.
Seit ich hierhergekommen bin, hab ich mich wirklich gelangweilt, weil ich niemanden gefunden habe, mit dem ich etwas unternehmen kann.
Ich bleibe auch nur vorübergehend hier. Bald werde ich woandershin gehen.
Du auch? Und wohin?
Ich bin mir nicht sicher ...

Das ist eine unge-wöhnliche Antwort.
Was ist mit deinen Fotos? Hast du welche dabei? Kann ich sie mir an-sehen?
Klar doch! Eine Sekunde. Ich hab ein paar aus meinem Port-folio auf meinem Handy ...
!
Sst
Wow, die sind besser, als ich dachte ...
Ich glaube, du brauchst dir keine Sorgen zu machen. Du wirst sicher an-genommen werden.

Danke, dass du das sagst.
Aber ich bin natürlich kein Experte.
Ha ha!
Nun, lass uns bis dahin eine gute Zeit haben.
Dass er bald fortgeht, macht die Sache einfacher.
Klingt gut.
Torkel
Wow ...
Ich hatte nicht vor, heute so viel zu trinken. Ich hab mich ...
... von seinem Trinktempo mitreißen lassen. Wie viel verträgt er bloß?

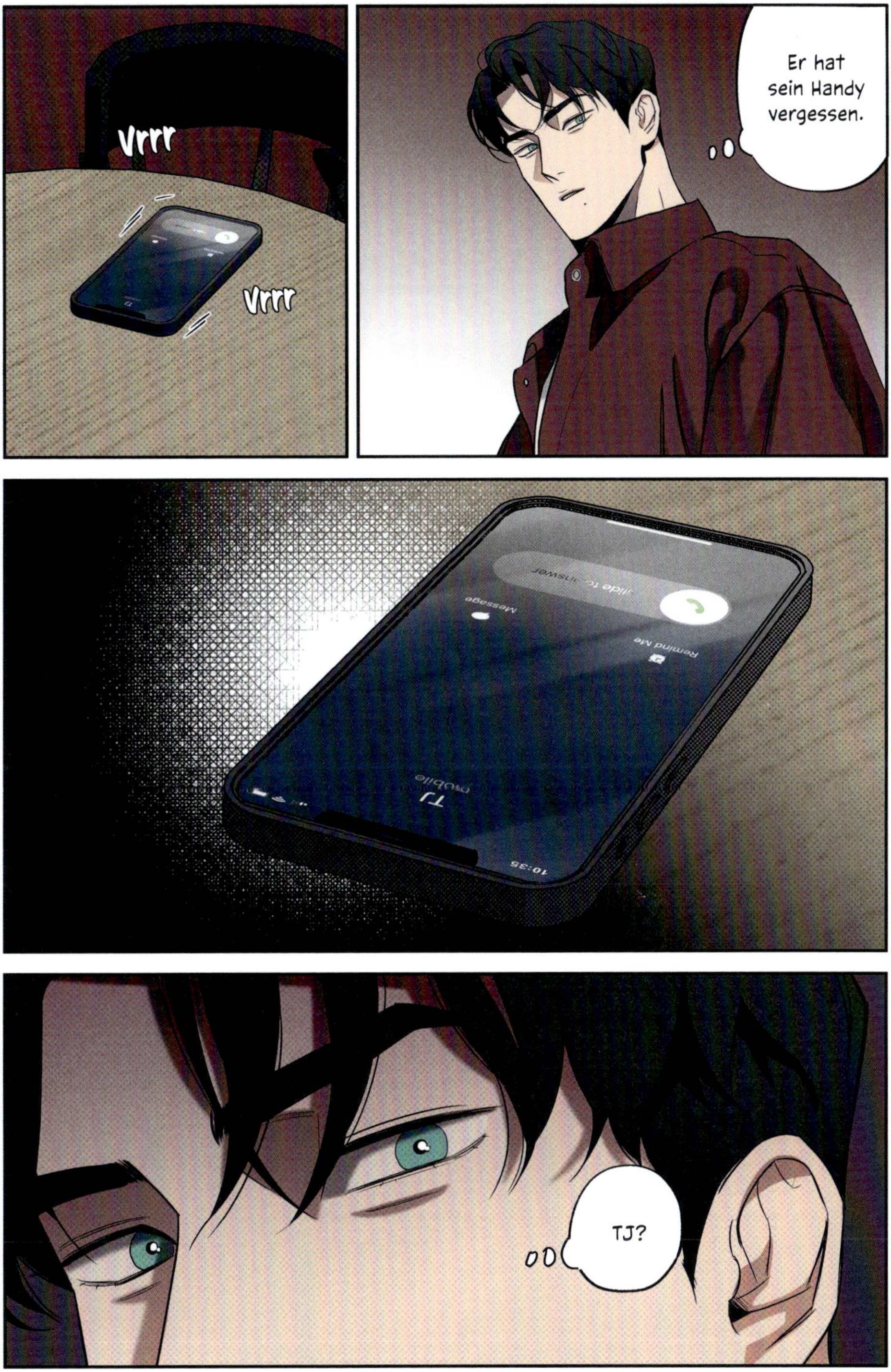
Vrrr
Vrrr
Er hat sein Handy vergessen.
TJ
mobile
10:35
TJ?

Sollen wir gehen? Ich hab schon bezahlt.
Was, wirklich? Ich wollte bezahlen.
Ich kann auf keinen Fall ein Kind bezahlen lassen.
Ein Kind ...?
Danke, Ian. Das nächste Mal lade ich dich ein.
Lärm Lärm
Übrigens, dein Handy klingelt schon seit einer Weile ...
Dopp
Ah!
...
Lärm

...
...
Ich denke, du kannst jetzt wieder zurück-treten.
Uwah! Tut mir leid!
Schwupp
...
Diese Mistkerle haben dich an-gerempelt und sich nicht mal entschuldigt.
Mir geht es gut, Ian. Lass uns einfach gehen.
Das ist nicht das Problem ...

Das Problem
ist, dass er viel
zu gut riecht.

Scheiße
...
...
Dabei hatte
ich diesen selt-
samen Traum
fast vergessen.

Nimmst du ein Taxi?
Ja. Ich bin sowieso nicht mit dem Auto gekommen.
Hm ...
Ich wohne nur ein, zwei Blocks von hier entfernt ...
Oh!

Warum gehen wir nicht auf einen weiteren Drink zu mir?
Du kannst auch bei mir schlafen, ich habe nichts dagegen.

Was sagst du?

Ähm
...
Drring
...
Drring
Vrrr
Vrrr
Vrrr
Vrrr
Mia
mobile
Remind Me
Message
slide to answer

Mia ruft dich an.
Oh!
Sogar für mich, der sich immer vergewis-sert, dass der andere das Glei-che will, bevor ich ihn einlade ...
... ist das eine Pre-miere.

Es tut mir leid, Ian!
Ich verspreche, das nächste Mal geht auf mich!
Sieht so aus, als werde ich dringend zu Hause gebraucht. Ich sollte gehen.
Das nächste Mal ...
Ich kann nicht sagen, ob er naiv, einfach nur ahnungslos ...
... oder doch bloß heterosexuell ist.
Aber ich habe mich noch nie geirrt ...

Ich bin mir sicher, dass ich es in seinen Augen gesehen habe, als sich unsere Blicke ab und zu trafen ...
...
Schmunzel

Aber er ist ein-fach so ge-gangen ...
Ha ha ...
Was ist so lustig?
Tapp
Ich kann nicht an-ders, als zu lachen.
Vielleicht bin ich auch betrunken.
Wenn du allein bist, warum trinkst du nicht mit mir?
Ich kenne einen tollen Laden.
Vrrr
So einfach ist das nor-malerweise ...

Tut mir leid, mein Freund ruft an.
Vrrr
Vrrr
...
Ja, ich bin's.

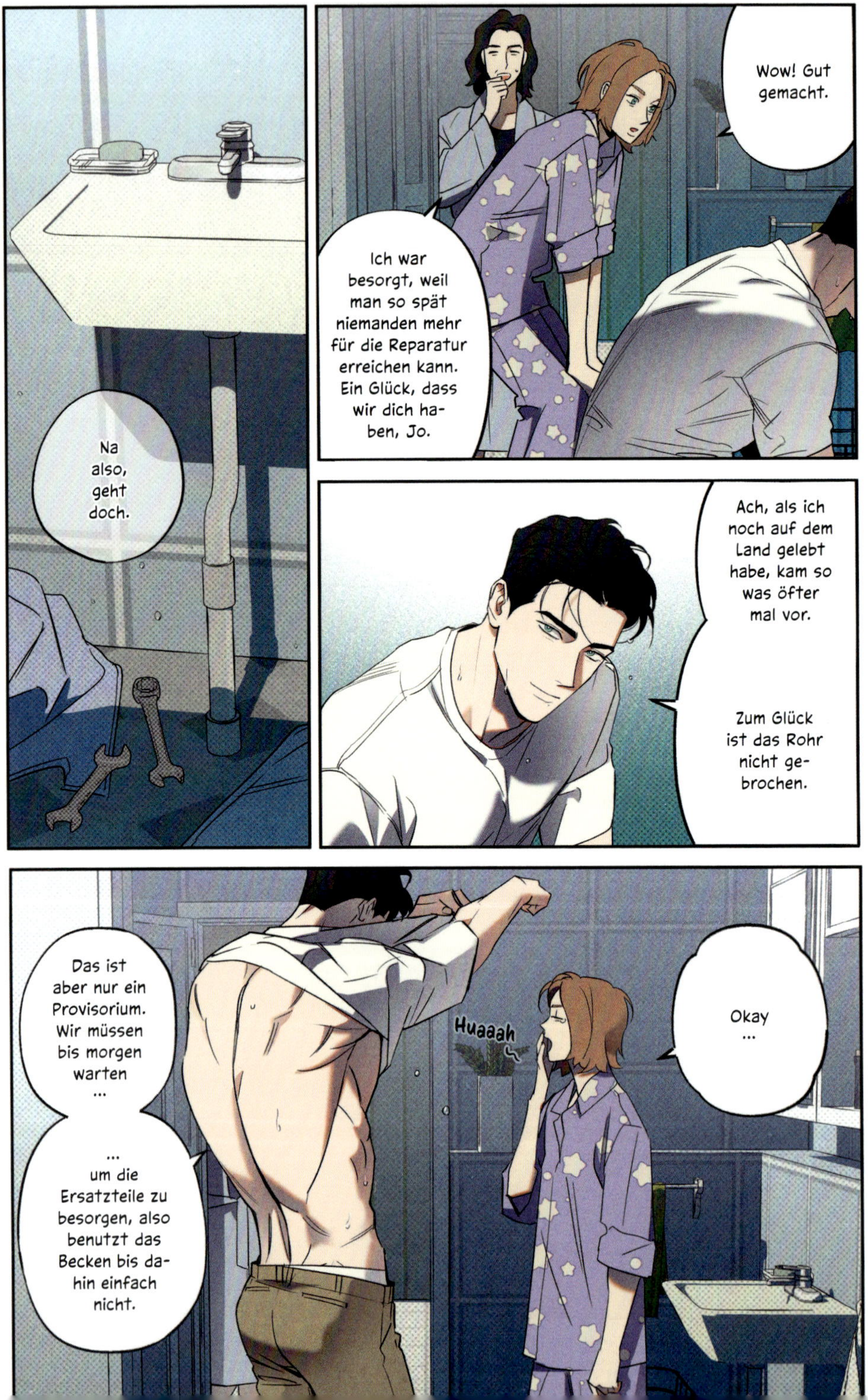
Wow! Gut gemacht.
Ich war besorgt, weil man so spät niemanden mehr für die Reparatur erreichen kann. Ein Glück, dass wir dich haben, Jo.
Na also, geht doch.
Ach, als ich noch auf dem Land gelebt habe, kam so was öfter mal vor.
Zum Glück ist das Rohr nicht gebrochen.
Das ist aber nur ein Provisorium. Wir müssen bis morgen warten …
… um die Ersatzteile zu besorgen, also benutzt das Becken bis dahin einfach nicht.
Huaaah
Okay …

Übrigens, haben wir dein Date gestört?
Du solltest sie das nächs-te Mal hierher einladen.
Natürlich musste ich kommen. Du sagtest, das Haus sei über-schwemmt.
Flapp
Und das war kein Date.
Wir haben uns nur zufällig getroffen, weil er in der Nähe des Restaurants wohnt.
Er ist nämlich ein Mann.
Hm?
Das war kein Date? Aber er war so aufgeregt ...
... als er sich fertig ge-macht hat.

Rubbel
Rubbel
Soll ich ihm eine Nachricht schicken?
...
Vielleicht überinter- pretiere ich es einfach ...

Pling
srrrt
1703
Hey, Youngwoo. Lange nicht gesehen.

Wie geht es dir?
Guten Abend, Boss.
Yangji, Chiwoon. Was macht ihr hier?
Was wohl? Wir halten Wache.
Wache? Ihr bewacht heutzutage sogar Hotel-zimmer?
Man kann nie wissen.
Du weißt, dass die Stimmung in unserer Grup-pe in letzter Zeit nicht so gut ist.
Oder ist es dir vielleicht egal?

...
Ha ha ha!
Das war nur
ein Scherz!
Tock
Tock
Boss,
Youngwoo
ist da.
Katschack
Komm
rein.
Eines Tages
wirst du von
ihm ordentlich
verprügelt wer-
den, wenn du so
weitermachst
...
Ich hab
keine Angst
vor einem
Verräter.

Klack

Oh, du bist nüchtern?

Bwamm
Ugh! Das tut weh, Arschloch!
Gnn

Umpf ...
Grapp
Haah
Slick
Slick
Haah
Bist du etwa notgeil? Du bist heute so aggressiv.
Ich bekomme immer einen Steifen, sobald ich dein Gesicht sehe.
Kein Grund zur Eile, wir haben genug Zeit.

Dein Date mit dem Ty- pen heute ist also nicht gut gelaufen?
Warum hast du nicht mehr getrunken? Ich hab dich lange nicht betrun- ken gesehen.
Flapp
Von einem Kind abgewiesen zu werden, hat mich schnell ausgenüch- tert.
Übrigens ...
... ich bin heute wirk- lich mies gelaunt.
Swit
...

Also los ...
... tröste mich.

1703
Warum hast du schlechte Laune?

Slick
Jason.
...

Haah
Wir sind alle besorgt wegen ihm ... Aber je-des Mal wenn wir uns sehen ...
Ugh ...
... redet er von Heirat und all diesem Unsinn.
Slick
Haah
Slitsch
Und?
Was hast du gesagt?

Hör auf, mich zu quälen ...
Gnn
... und blas mir einen.
Tschupp
!

...
Tschupp
Hah, fuck. Das fühlt sich so eng an.
Tschupp
Tschupp
Tschick
Tschick
Pack
ugh
Haah

Ugh
öchö
öchö
öchö
Haah
Ich hätte fast alles wieder aus-gekotzt.

Tapp
Schmatz
Haah
Quiee
Klick

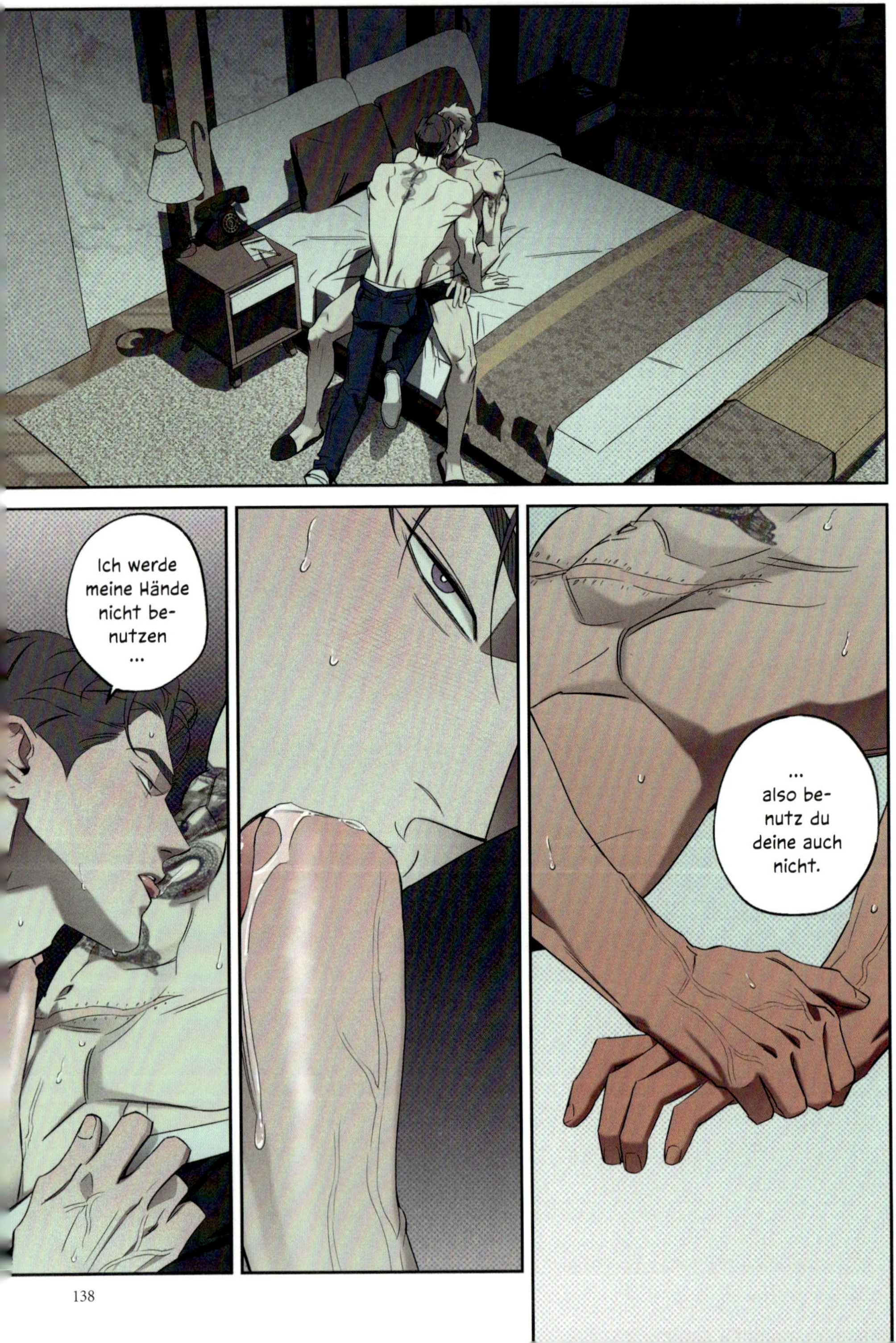
Ich werde meine Hände nicht benutzen ...
... also benutz du deine auch nicht.

Ha
ha
...
ZUCK
Versuch, so lange wie möglich durchzu-halten.

Du kennst das Gefühl doch auch, oder? Diesen Blick des Misstrauens.
Sie fragen sich, ob der asiatische Junge etwas klauen will.
An diesem Tag hatten die Augen des Ladenbesitzers hinter dem Gitter der Theke genau diesen Blick.

Er holte eine Dose mit dem von mir gesuchten Dosenschinken aus einer Schublade.
Als wäre das eine Art Drogendeal oder so etwas.

Meine Mutter sagte, das läge an den vielen Verbrechen heutzutage, aber das glaube ich nicht.

Es passierte ständig, aber aus irgendeinem Grund machte es mich an diesem Tag wütend.
Also hab ich ein paar Snacks mitgehen lassen. Aber der Trottel hat es nicht mal bemerkt.
Tschack

Als ich nach Hause kam, sah es so aus, als ob meine Mutter früher nach Hause gekommen wäre.
Ich ging also in ihr Schlafzimmer und fand Guillaume, ihren Liebhaber, auf ihrem Bett liegend.

Ich rief mehrmals seinen Namen, aber er rührte sich nicht. Er war wahrscheinlich an einer Überdosis Drogen gestorben oder so.
Es war ein komisches Gefühl. Ich hatte ihn irgendwie gemocht, weil er mich, anders als die anderen Freunde meiner Mutter, nicht geschlagen hatte.
Ich fand meine Mutter im Badezimmer sitzend, völlig von Sinnen.

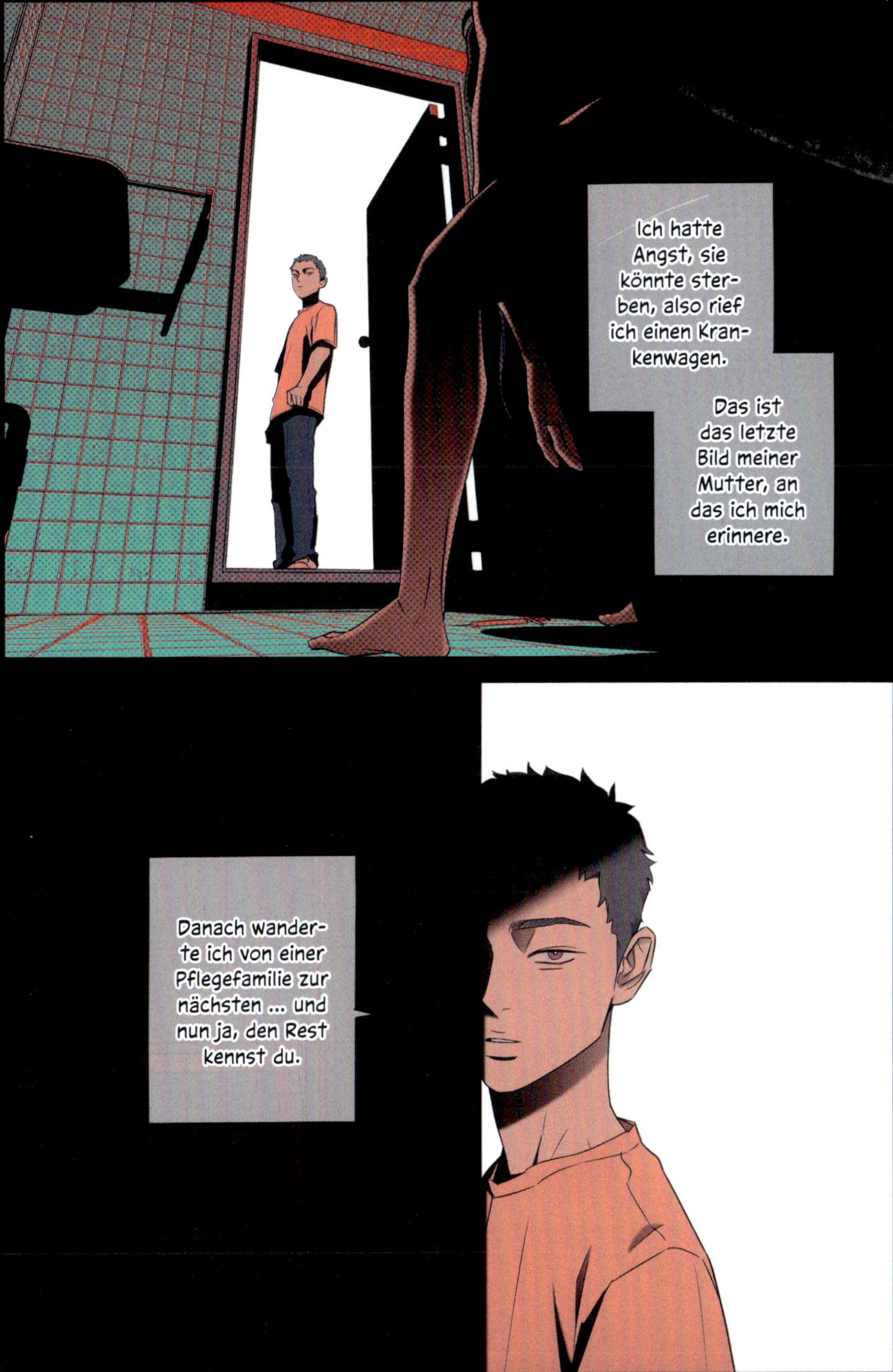
Ich hatte Angst, sie könnte sterben, also rief ich einen Krankenwagen.
Das ist das letzte Bild meiner Mutter, an das ich mich erinnere.
Danach wanderte ich von einer Pflegefamilie zur nächsten ... und nun ja, den Rest kennst du.

Murmel
Ich hab sie nicht ein einziges Mal besucht. Das ist alles meine Schuld. Wenn ich es nicht gemeldet hätte ...
Bwamm Bwamm Bwamm
Bwamm Bwamm
Zitter Zitter
Hey, Young-woo!
Bwomm
Bamm
Sie ist im Gefängnis gestorben. Kannst du das glauben? Dort so zu sterben?
Tapp Tapp
Wack

Ich frage mich, ob ich auch so enden werde wie meine Mutter …
…
Taejoon, warum weinst du? Ich weine doch auch nicht …
…
Scheiße, ich hab's vermasselt.
Ich werde das nie wieder tun.
Ich werde sogar einen Entzug machen.
Und diese Drogen … Ich werde diesen Typen sagen, dass ich sie nicht mehr brauche.

Jetzt
...
...
gibt es wirklich nur noch uns beide.
...
Was?

Du bist ein wirklich komischer Kerl ...

Ist das alles, was du in den letzten neunzehn Jahren gelernt hast?
Grins
Ich finde, du warst früher viel süßer.
Bist du meinetwegen so geworden?
Hi hi
Ja ... Also übernimm Verantwortung dafür.
...
Wegen dem, was Jason gesagt hat ... ignorier es nicht einfach.
...

WET SAND

Bwamm
Argh!
Scheiße! Ich hab heute absolut kein Glück!
Hey, nicht so laut, ja?
S... Sorry.

Wedel
Wedel
Kennst du den Kerl?
Haah
Ja, irgendwie schon.
Wer ist der Typ neben ihm? Ich hab ihn noch nie gesehen.
...

Das ist Jamie Lee, sein Boss.
Er kommt häufig hierher.
Ah, dieser berühmte Kredithai?
Er sieht nicht so fies aus, wie ich dachte.
Sagtest du nicht, er sei in einer Gang?
Sei leise, sie werden dich hören!
Das ist der Typ, von dem ich dir erzählt habe, Boss.

Er sieht nicht sehr klug aus.
Ist er auch nicht. Aber er ist gehorsam und tut, was man ihm sagt.
Außerdem hab ich herausgefunden, dass sein Cousin mit Ian befreundet ist.
Befreundet?
Tapp
Ian ist nicht der Typ, der sich mit jemandem anfreundet.
Abgesehen von TJ.
...
Was meinst du, Boss?
Testen wir ihn.
Okay, Boss.

Fschhh
Hey, Ian.
Komm und iss etwas.
Du kannst dir den Grillabend doch nicht entgehen lassen.

Plauder
Plauder
Also sagte ich meiner Tochter …
Ha ha ha
…
… festgestellt, dass der Zeus Club als Ort für Drogenhandel und Drogenkonsum missbraucht wurde.
Die Polizei nahm 24 Personen fest, darunter Drogenkonsumenten und Bandenmitglieder, die in den letzten drei Monaten synthetische Drogen vertrieben haben …
… und fahndet nach den führenden Mitgliedern der Bande. Die Ermittlungen erweisen sich jedoch als schwierig, da der Drogenhandel nur durch indirekte Transaktionen erfolgte …
»Gute Arbeit heute Abend! Warte nur ab, es wird schon bald große Neuigkeiten geben.«
Davon hat er also geredet.

Zurzeit wird in den Nachrichten viel über Drogen berichtet.
Der Sohn eines Bekannten wurde süchtig nach diesem Zeug und fing an, Halluzinationen und so zu haben.
Und nun zum nächsten Thema.
Am Ende musste er in eine psychiatrische Klinik. Dabei war er noch so jung.
Ist dieses Zeug so ähnlich wie das Special K von damals?
Am Anfang geben sie es einem wohl umsonst, aber sobald man süchtig ist, verkaufen sie es zu einem hohen Preis.
Du solltest auch vorsichtig sein. Du treibst dich immer in der Innenstadt herum.
Ach, hör auf ...
... für nächste Woche Samstagabend bis zum frühen Sonntagmorgen ist ein Meteoritenschauer vorhergesagt.
Man sagt, dass ein Wunsch, der an eine Sternschnuppe gerichtet wird, in Erfüllung geht.
Hoffentlich haben Sie nächste Woche Glück und ...

Wroom
Hey, da bist du ja.
Tatapp
Du hättest etwas sagen sollen, bevor du gehst. Hier, ich habe dir etwas vom Grill eingepackt.
...
Das nächste Mal, wenn wir uns so treffen, solltest du ein bisschen bleiben.
Manchmal ist es schwer zu sagen, ob wir wirklich zusammenarbeiten.
Das werde ich.

Hey, hör zu.
Achte nicht zu sehr auf ihr dummes Gerede.
Ich weiß nicht viel, aber ...
... jeder, der von hier ist, hat sich irgendwann mal die Hände schmutzig gemacht, stimmt's?
Ähem ... Ach ja, deine Prüfung steht bald an, oder? Halte dich einfach an das, was du gelernt hast. Und frag mich, wenn noch was unklar ist.
Wir sehen uns dann morgen.
Danke, Peter.
Hey.

Tapp
Tapp
Ian.

Du kommst heute spät nach Hause.
Wir haben auf der Arbeit eine Grillparty gefeiert.
Sst
Wow, eine Grillparty? Klingt nach einer tollen Firma.
Ja, die Kollegen sind auch nett.
Ähm ... Ich habe dir eine Nachricht geschrieben, aber ich schätze, du warst zu beschäftigt, um sie zu lesen. Also ...
Er ist wirklich gut aussehend. Und gut in Form.
Das letzte Mal war eine Enttäuschung, aber es wäre wirklich zu schade ...

Ah, hast du die Nachrichten gesehen?
?
Nächste Woche soll es einen Meteoritenschauer geben.
Ach ja?
Ich glaube, das habe ich irgendwo gehört ...
Ich habe vor, ihn mir anzusehen und ein paar Fotos zu machen ...
Willst du mitkommen?
Es ist ein bisschen langweilig, alleine zu gehen.

Ian?
Du willst zusammen die Sterne beobach-ten?
Ja, wenn du Zeit hast.
Das hab ich, aber ... Es ist schon komisch.
Ich habe noch nie die Sterne be-obachtet.
Was? Ha ha ...
Schulterzuck
Ha ...
Wirk-lich? Ist das dein Ernst?
Unmöglich. Wenn man zum Nachtangeln oder Zelten geht, sieht man sie doch. Man schaut zum Mond und zu den Ster-nen hinauf ...

Ich war noch nie beim Nacht-angeln oder Zelten.
???
Wow!
Ian, hast du jemals etwas anderes ge-macht, außer zu arbeiten?
Das nächste Mal musst du mich unbedingt begleiten.
Ich fahre mindestens ein- oder zweimal im Monat raus aufs Land, um Fotos zu machen.
Okay. Das hört sich gut an.
Versprich mir, dass du mit-kommst.
...

Soll ich noch länger warten, Boss?

...
Nein, lass uns fahren.
Ja, Boss.
Aus irgendeinem Grund pisst mich dieser Typ wirklich an ...

Tut
Tuuut
Das Essen war wirklich lecker. Lass uns nächstes Mal wieder dorthin gehen.

Ja?
Schmatz
Ich bin froh, dass du das sagst. Dann hat sich meine Suche nach einem guten Restaurant ja gelohnt.
Schmatz Schmatz
Morgen gehen wir auf unsere erste gemeinsame Reise.
Du hast doch schon gepackt, oder?
Ja, natürlich.
Wie oft habe ich dir schon gesa... Hm?
Hast du deinen Reisepass auch griffbereit vorne in deine Tasche gesteckt?
Oh, richtig, mein Pass ...
Gnn
Hast du einen Todeswunsch, Sergei?

Oh! Das ist doch ... Ian, oder wie hieß er noch gleich?

Sergei! Siehst du den Kerl da drüben?
Ja?
Das ist der gut aussehende Typ, von dem ich das letzte Mal erzählt habe. Der ist vor Kurzem gegenüber …
… von unserem Restaurant eingezogen.
Hi hi
Hm, was hast du?
Kennst du ihn?
…
Oh, er ist verschwunden.

Wer war das? Stehst du ihm nahe?
Natürlich kenne ich Ian Shin.
Starr
Du kennst sogar seinen vollen Namen? Woher kennt ihr euch?
Nein, ich kenne ihn kaum, aber Jo hat sich kürzlich mit ihm angefreundet.
Du etwa?
Babe ...
Du hast wirklich nicht die geringste Ahnung, wer er ist, oder?

Der Betrag stimmt genau.
Hey, entspann dich. Ich weiß, es ist unangenehm, sich so zu sehen, aber was sollen wir machen?
Ich tue auch nur, was Jason mir sagt.
Ich weiß, es ist ein bisschen altmodisch, aber Bargeld ist immer noch am unkompliziertesten.
Ich bewundere dich, Ian. Du hast fast alles abbezahlt.
Mann, wenn ich an deiner Stelle wäre ... ich will gar nicht daran denken.
Es ist, wie es ist.

Aber ganz ehrlich, dieses Arrangement ist schon ziemlich hart. Wer verlangt so viel für zwei Jahre Gefängnisschutz plus Zinsen?
Jason dachte wahrscheinlich, du würdest nicht gehen, wenn er so viel verlangt.
Wie es aussieht, ist er auf dem Holzweg.
...
Doch ich weiß, dass er das getan hat, weil er dich wirklich mag.
Also nimm's ihm nicht zu übel, um der alten Zeiten willen.
Um der alten Zeiten willen, hm ...?
Murmel

Tschick
Dennoch ...
Du siehst entspann-ter aus als früher.
...

Eine Gang?
Dachtest du, das würde mich schockieren? Du warst doch selbst früher in einer.
Haaah
I... Ich habe nur ein- oder zweimal gedealt, als ich jung und naiv war. Jetzt habe ich nichts mehr damit zu tun. Aber Ian Shin ist eine andere Liga.
Was willst du damit sagen? Drucks nicht so herum.
Lins
Pst, sprich leiser.
Hast du schon mal von K35 gehört?

Vielleicht? Ich bin mir nicht sicher ...
Nun, es gibt etwas, das sich Golden Bird nennt ...
Oh, davon habe ich schon gehört. Eine Art asiatische Bandenkoalition? Ich glaube, ich habe das in den Nachrichten gesehen.
K35 ist die mächtigste Gang in der Koalition.
Bevor sie ihr beitrat, erledigte sie all die schmutzige Arbeit ...
... die die großen Mafiagangs nicht machen wollten, weil diese die Aufmerksamkeit der Polizei nicht auf sich ziehen wollten.
Die großen Gangs vermeiden Konflikte so weit wie möglich und sind davon besessen, ihre Organisation durch Fusionen und Übernahmen zu vergrößern, indem sie Unternehmen oder Wertpapiere in ihren Besitz bringen, nachdem sie private Kredite vergeben haben.

Das ist eine völlig andere Welt als die, die ich als einfacher Dealer kannte.
Und diese ganze Drecksarbeit ist noch schlimmer, als du dir vorstellen kannst.
Selbst unter den Leuten, die für Geld alles tun würden, waren sie die Schlimmsten ...
...
Sie waren sogar unter ihresgleichen sehr bekannt.
Denn es ist nicht leicht für eine kleine Straßengang, in der heutigen Welt so groß zu werden, weißt du.
Bist du sicher, dass du ihn nicht verwechselst? Vielleicht haben sie nur den gleichen Namen?
Nein. Damals ... Ich meine, als ich in diesen Kreisen verkehrte ...
... bin ich ihm zufällig bei einem Trinkgelage begegnet.

...
Du weißt selbst, dass er nicht die Art von Mensch ist, die man leicht vergisst.

5:45
Cancel
meteor shower
meteor shower
Tipp
Tipp
Er möchte sich die Zeit nehmen, um Sterne zu beobachten?
Ich verstehe es immer noch nicht.
...

in 20 years,
Space Show begins
Scroll
Der größte Meteoritenschauer seit 20 Jahren? Eine Space Show?
Er zieht also herum und macht solche Fotos?
Ich denke, ab und zu ist das keine schlechte Idee.

Wir sind wirklich …
Flopp

… sehr verschieden.

Drrring
Drrring
Drrring
Drrring

...
Bwamm
Drring
Hey, er ist nicht hier! Ich hab's dir doch schon beim letzten Mal gesagt! Wie oft denn noch?!

Chris Banks ist hier, stimmt's?
Ich weiß, dass er es ist.
Sag mal, bist du taub, oder was?! Ich sagte, er ist nicht hier, also komm nicht mehr her!
Der Typ ist wieder da.
Oh wow.
Wenn du so weitermachst, rufe ich die Polizei!
Polizei? Dann ruf sie doch! Ich bin mir ziemlich sicher, dass du die letzte Person bist, die die Polizei hierhaben will!
Urgh …
Dieser verdammte Wichser. Mir reicht's …

!!
Hey ...
Husch
... das reicht. Ich geh jetzt nach Hause.
Chris!
Was? Ist das dein Ernst?
Ich dachte, du wolltest bis zum Ende des Monats bleiben?
Ich habe es mir anders überlegt.
Lins

Wroooom
Jo, bist du wütend? Es tut mir leid.

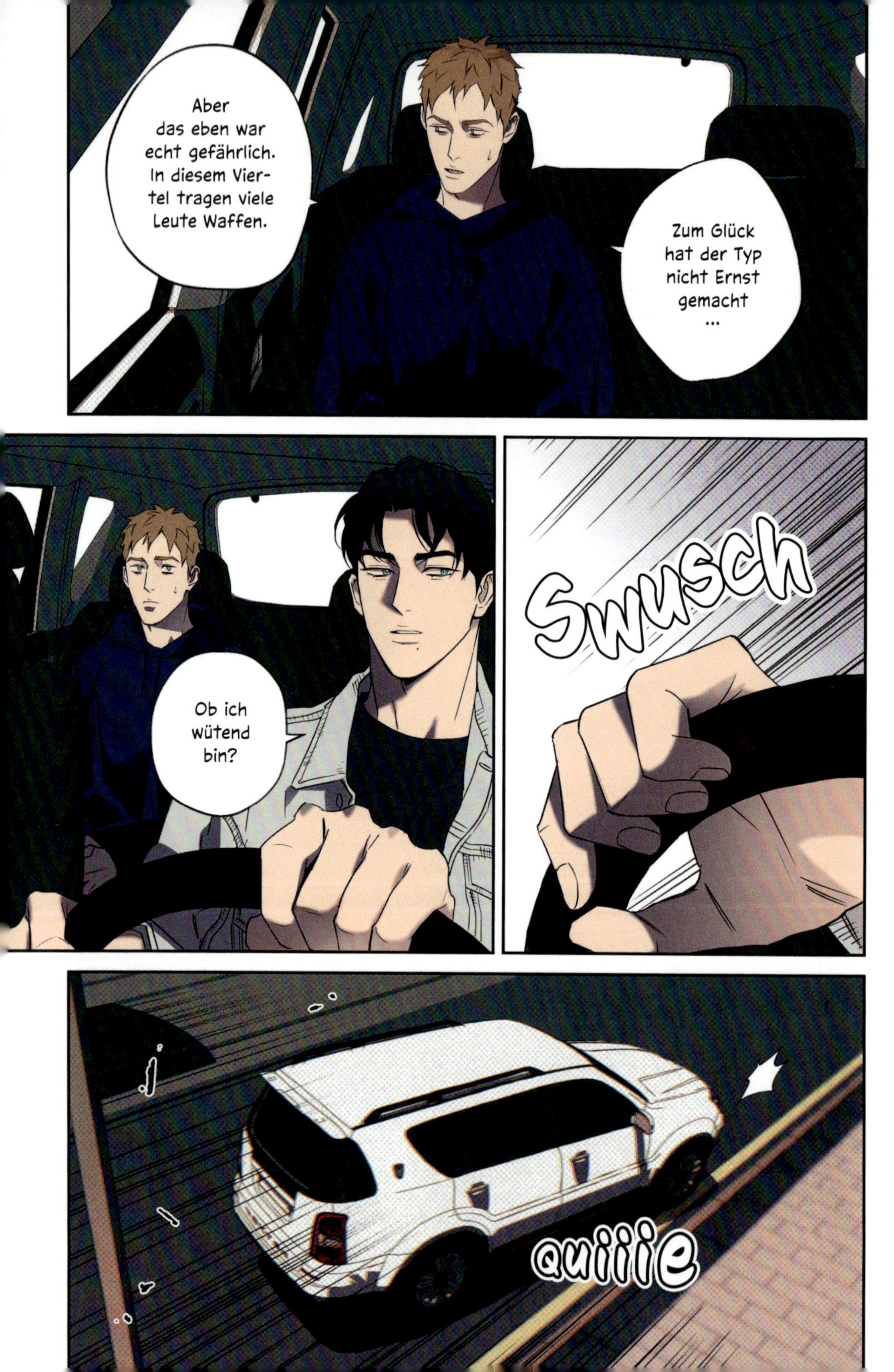
Aber das eben war echt gefährlich. In diesem Viertel tragen viele Leute Waffen.
Zum Glück hat der Typ nicht Ernst gemacht ...
Ob ich wütend bin?
Swusch
quiiie

...
Badumm
Badumm
Sobald du zu Hause bist, entschul-digst du dich bei deiner Mutter.
Und versprich, dass du dich nie wieder mit diesen Typen triffst oder auch nur in ihre Nähe gehst!
Hast du verstan-den?
Nick
Nick
Ant-worte mir.
I... In Ordnung.
Hicks
Gruselig ...

Haaah
Aber ich bin froh, dass es dir gut geht.
Ich habe mir wirklich Sorgen gemacht.
...

TJ? Gehst du schon?
Warum bleibst du nicht noch? Du spielst doch gern.
Meine Frau hat gestern mit mir geschimpft, weil ich zu spät nach Hause gekommen bin, deswegen gehe ich heute früher.
Schätze, dass ist das Leid verheira-teter Männer.
Aber hast du die Stimmung vorhin bemerkt? Da lief es mir eiskalt herunter. Ich schätze, jetzt, wo sie Blut geleckt haben, sind sie alle macht-hungrig geworden.
Und wer war es, der ihnen so viel Geld eingebracht hat? Undankbare Arschlöcher ...
Tapp
Ähm, Boss ...

Sorry, dass ich dich unterbreche.
Es sieht so aus, als gäbe es ein Problem in der Produktionsfabrik.
Was ist los?
Was soll das heißen? Als ich vor Kurzem dort war, war alles in Ordnung.
Nun ...
Einer unserer Männer vor Ort ist nicht mehr zu erreichen. Und anscheinend lassen sich weder seine Kreditkarte noch sein Telefon zurückverfolgen ...
Katschack

Hey!
Tapp
Tapp
Du bist noch da?
Ich hab's gerade von den Jungs gehört. Es gibt ein Problem in der Fabrik?
Was jetzt? Die Jungs müssen vor Wut schäumen. Wenn du damit allein nicht zurechtkommst, soll ich dir helfen?
Bist du sicher, dass das nicht auf deine Kappe geht?

...
Hast du
Beweise?
Grins
Übrigens,
Jason muss
es wirklich
dreckig
gehen.
Er ist krank,
und dann verlässt
ihn auch noch sein
treuer Musterkna-
be, den er groß-
gezogen hat.

Er ist immer noch der Boss.
Was?
Sprich nicht über ihn, als wäre er dein Freund.
Wo sind deine Manieren?
Tapp
Und noch etwas ...
... was für ein Musterknabe? Du solltest wirklich weniger Filme schauen.

Zuck
Du verdammter Mistkerl ...
Grah
Na dann, man sieht sich.
Für wen zum Teufel hält er sich?

Du hättest Jamie Lee nicht unnötig provo-zieren sollen.
Wir wollen doch nicht, dass sich herumspricht, dass es bei K35 inter-ne Konflikte gibt. Und wir wollen auch nicht in irgendwas hinein-gezogen werden.

Dieser Wicht redet immer groß da-her, aber er hat nie den Mumm, etwas zu tun.
Trotzdem, sei vorsichtig. Es ist besser, keine schlafen-de Hunde zu wecken.

Besonders jetzt.

Was, machst du dir etwa Sorgen um mich?
Pffft
Sorgen? Ha ha ha!

Ha ha ha ha!
Patt Patt Patt
Lass das.
Du bist ein lustiger Kerl, TJ.
Ich habe hohe Erwartungen an dich, was die Zukunft angeht.

Vrrr
Vrrr
Klatter
...
Vrrr
Vrrr
Tapp
Tapp
Vrrr
Vrrr
Ja, ich bin's.

Wenn ich nicht sofort abnehme, rufst du einfach wieder an, oder?
Grins
Jetzt?
Okay.
Ja, der Laden ist gut.

Flopp
Tut
Tuuut
Flomp
Sobald ich meine Schulden ...
... bei Jason beglichen habe, bin ich hier weg.
Wenn ich für etwa drei bis vier Jahre verschwinde ... wird das auch für ihn genug Zeit sein.

...
Das ist wahrscheinlich das Beste für uns beide ...
Klopf
Klopf
Komm rein, es ist offen.
Katschack
Wamm
Ich hab dir doch gesagt, du sollst den Bewegungsmelder des Flurlichts reparieren.
Du hörst wirklich auf niemanden, oder?
Tapp

Willst du zuerst das Abendessen oder mich?
Grins
Komm her.

Knarr
Küss
Haah
Küss
Mmh
Slick
Zuck
Ugh ...
Slick
Schlipp
Hast du extra für mich geduscht?

Slick
Slick
Sicher, wenn der Gedanke dich glücklich macht ...
Kannst du nicht einfach mitspielen?
Schlipp
Fwopp

Gnn
Haah
–
Tschlipp
Tschlipp
Tschupp
Hah …
Fwip
Fwip
Mmh …
Tschlipp
Tschlipp
Haah

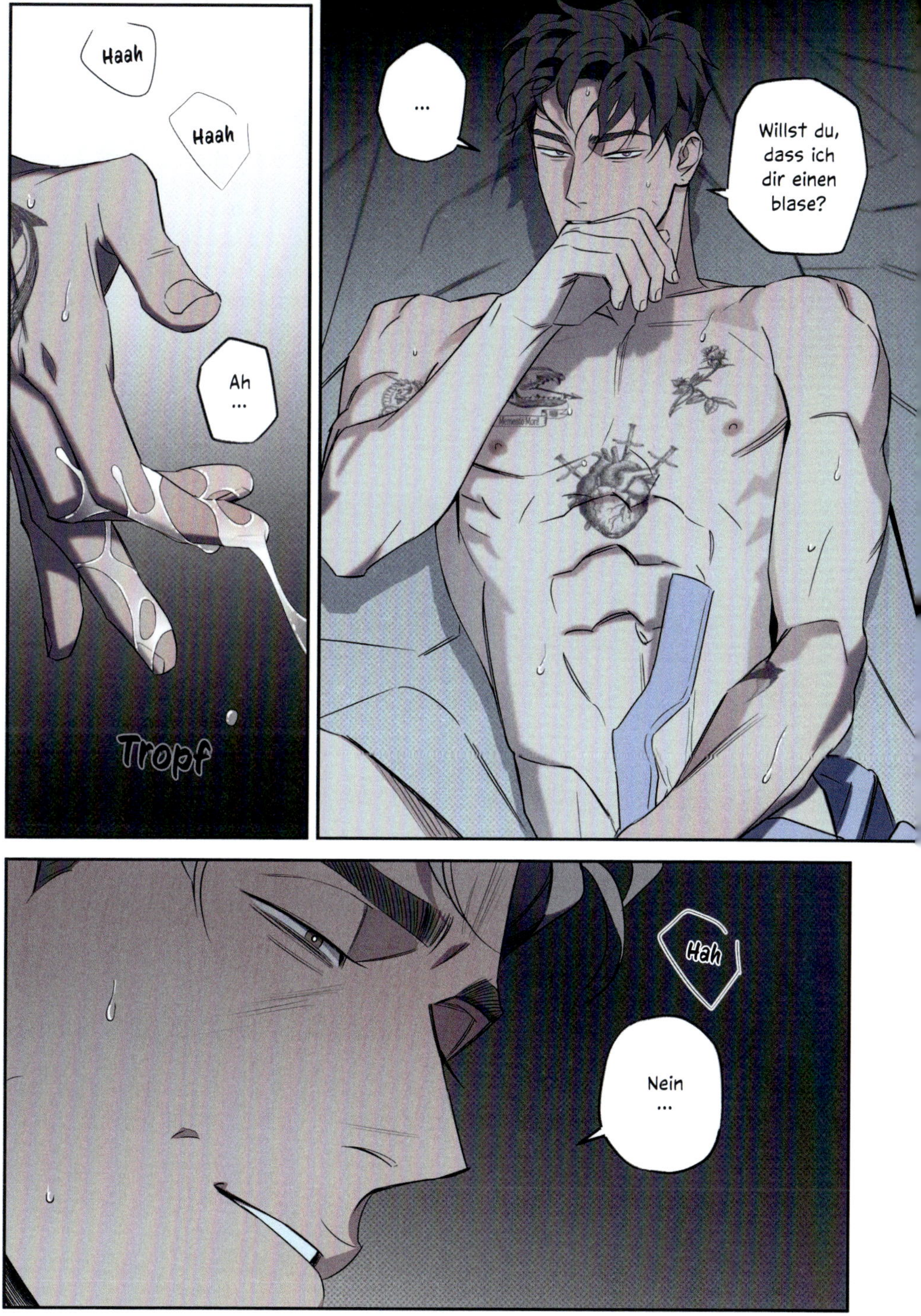
Haah
Haah
Ah …
Tropf
…
Willst du, dass ich dir einen blase?
Hah
Nein …

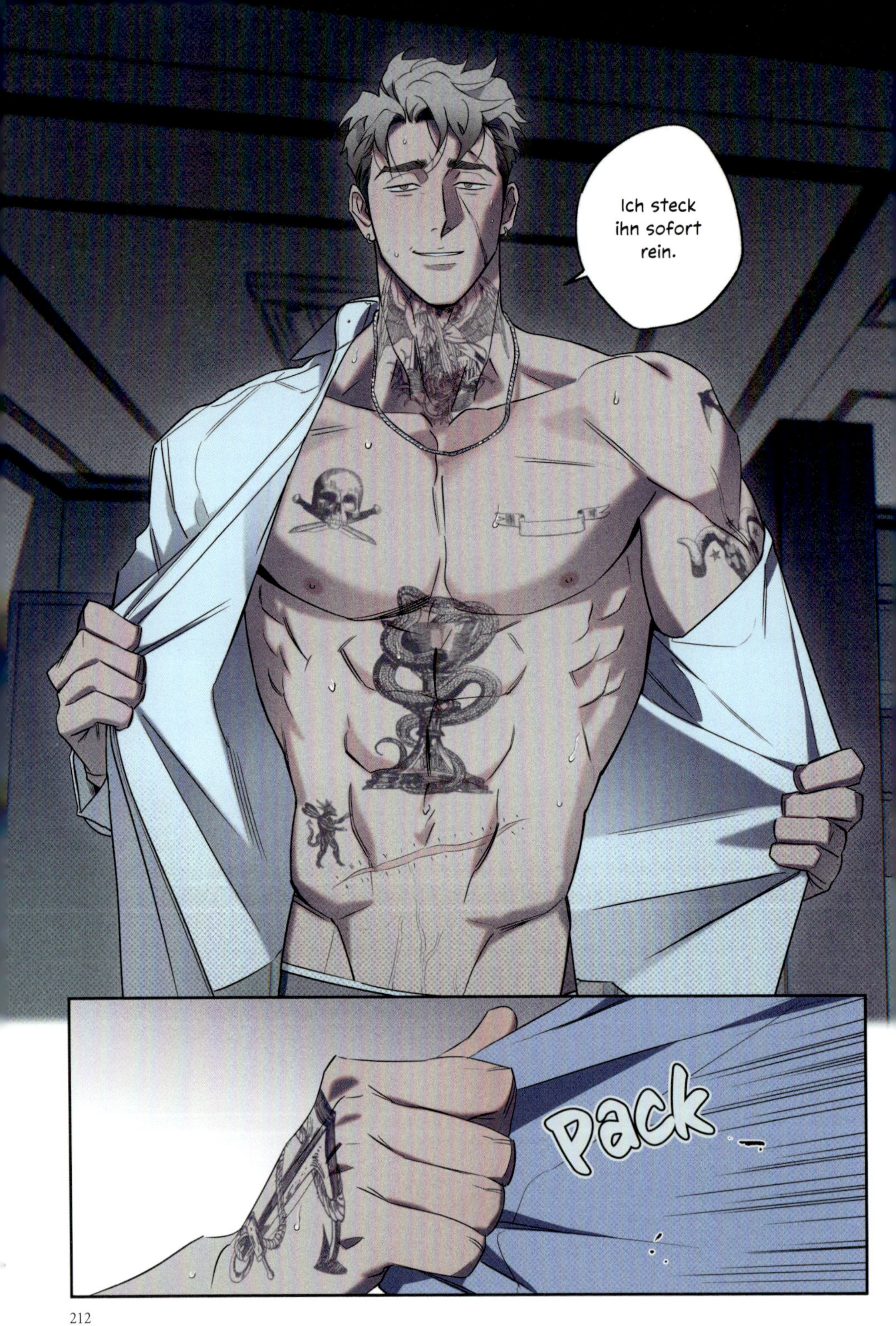
Ich steck
ihn sofort
rein.
pack

Ploff
...
Klack
Tropf
Haah
Ah, das ist kalt.

Haaah
Ent-spann dich.
Ah, nein. Nicht so schnell.
Tschlipp
Gnn
Haah
Ich brauche mehr ...
Ich kann aber nicht länger warten, Young-woo.
Slick

...
Das ist nicht fair.
Haah
Deine Beine ...
... spreiz sie etwas mehr.
Gnn
!!

Gnn
Mh ...
Ah ...
Knarr
~
Ugh ...
Hah, siehst du ...

... er ging doch ganz rein.
Fabas indulcet fames.

Ah
...
Schlipp
Wramm
Hah
...
Ugh
...
Tschupp
Tschupp
Tschlick
Tschlick
Ah
...
Knarr
Gnn
Knarr

Ah ...
Ah!
Mmm!
Urgh!
Ah ...
Hi hi
Ich habe ihn gerade erst reinge- steckt, fühlt es sich so gut an?
Du bist zu heiß.
Haah
...
Haaah
...?
Was ist? Warum hörst du auf?

Haaah
Fleh mich an, dich zu ficken.
Hah
Los ...
... besorg's mir, bis ich ohnmächtig werde.

Ah!
Tschupp
Mmh
Tschupp
Haah
Fump
Fump
Hah
Tschupp
Nnnh
Fump
Fump
Tschlick
Tschlick
Fump
Fump
Tschupp
Nnh
Aah
Fump
Fump
Tschlick
Ah!

Haah
Tschupp
Tschupp
Fump
Fump
Fump
Fump
Slick
—
Mhm ...
Schlipp
Wramm
Mh!
Kommst du etwa noch mal?
Warte dieses Mal auf mich.
Fump
Hnnh
Fump
Hnnh
Ah!
Wramm
Hnnh
Mhm ...
Ah!
Tschupp
Fump
Fump
Fump

Mhm ...
Ah ...
Schlipp
Grapp
Nicht raus-ziehen ...
Ugh!
Du kannst ...
... in mir kom-men.
Hah ...
Zitter
Beb
Mhm ...

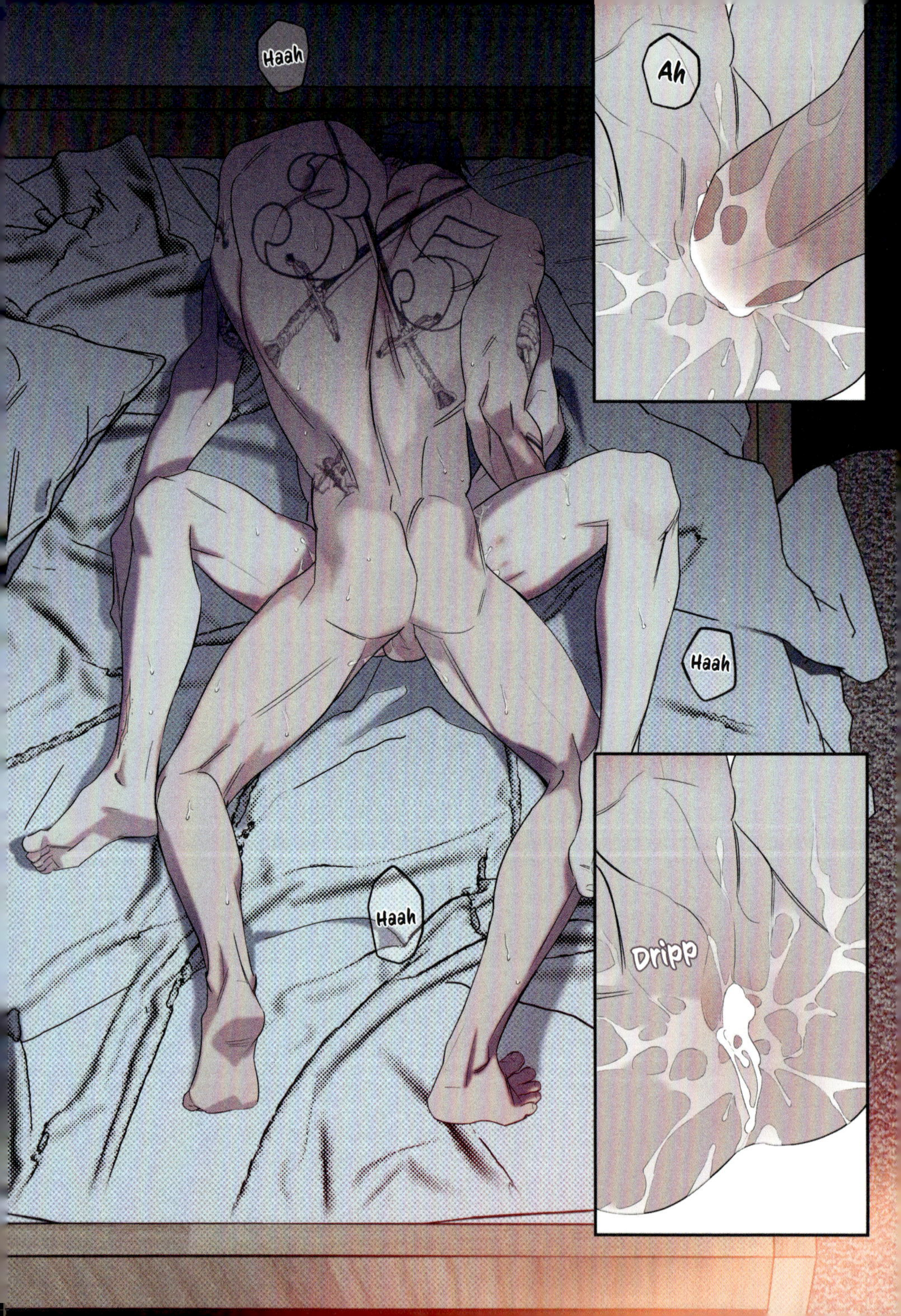
Haah
Ah
Haah
Haah
Dripp

Flopp
Hah ...
Jetzt ... bin ich hungrig.
Ich auch.
Raschel
Wohin gehst du?
Ich brauche etwas Wasser.
Tropf

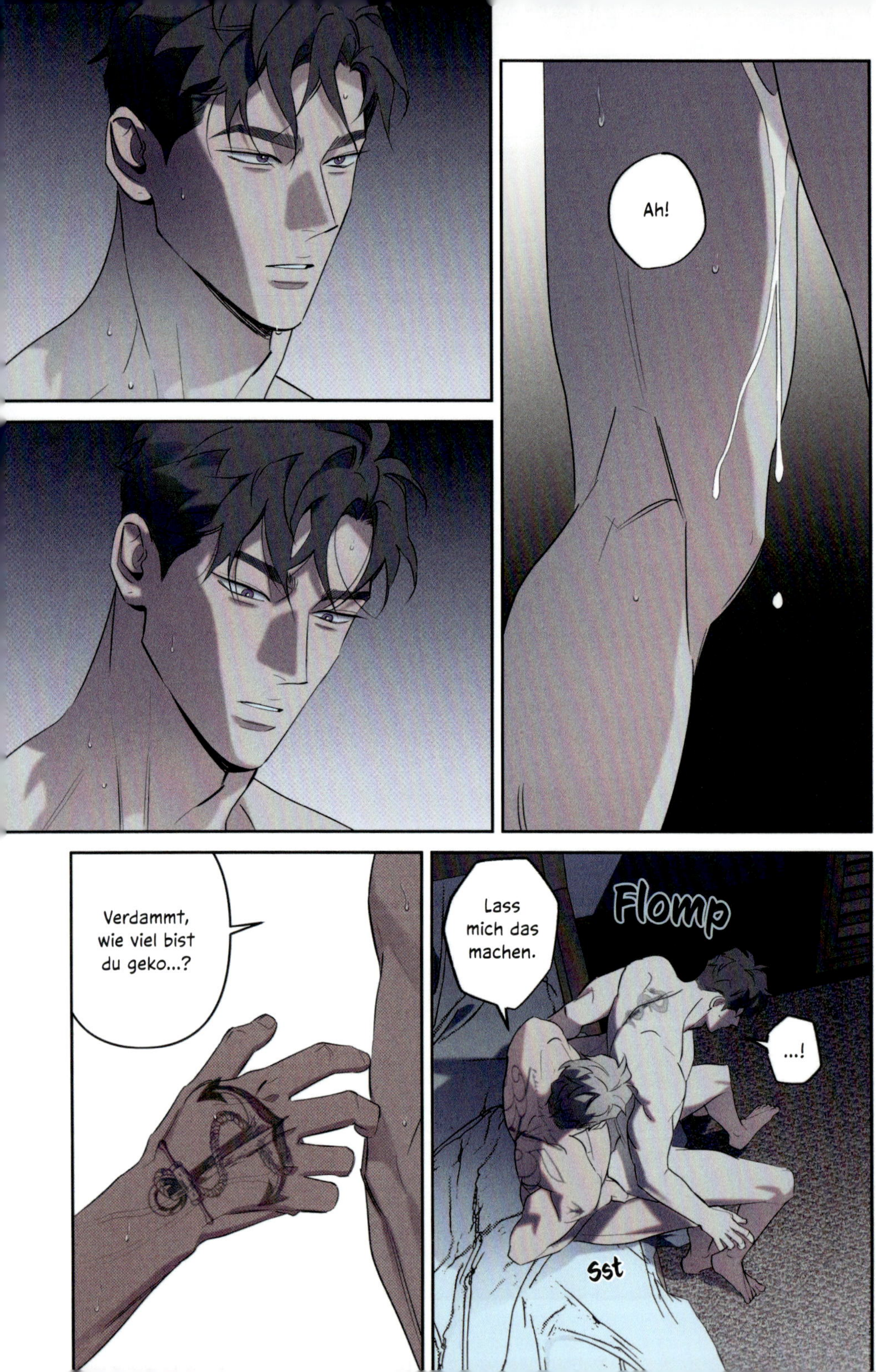
Ah!
Verdammt, wie viel bist du geko...?
Lass mich das machen.
Flomp
...!
Sst

Gnn
Ah
Schlipp
Schlipp
Ah ...
Mhm
...
Slick
Zuck
Dripp
Ugh
Haah
Du kannst
jetzt auf-
hören.
Nein, ich
bin wieder
hart.
Haah
Haah

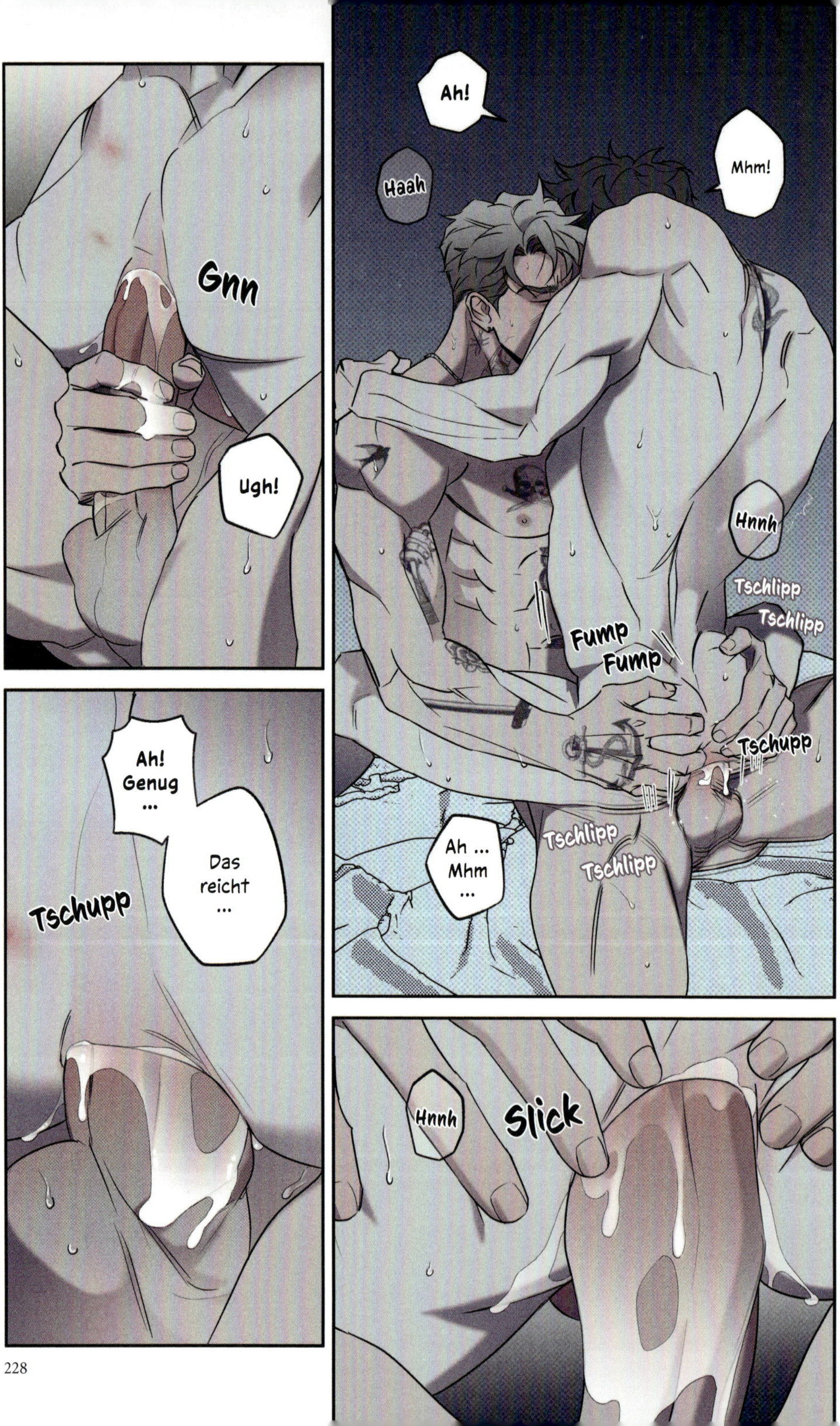
Gnn
Ugh!
Ah! Genug ...
Das reicht ...
Tschupp
Ah!
Haah
Mhm!
Hnnh
Tschlipp
Tschlipp
Fump
Fump
Tschupp
Ah ... Mhm ...
Tschlipp
Tschlipp
Hnnh
Slick

Tschupp
Haah
Tschlipp
Mmm
Slick
Slick
Haah
Slick
Soll ich wirklich aufhören?
...
Haah
Haah

Nnnh
Tschupp
Haah
Hnnh
Fump
Fump
Tschlick
Ah!
Wramm
Mmh
Fump
Fump
Fump
Hah ... Du bist noch lockerer als zuvor.
Ah!

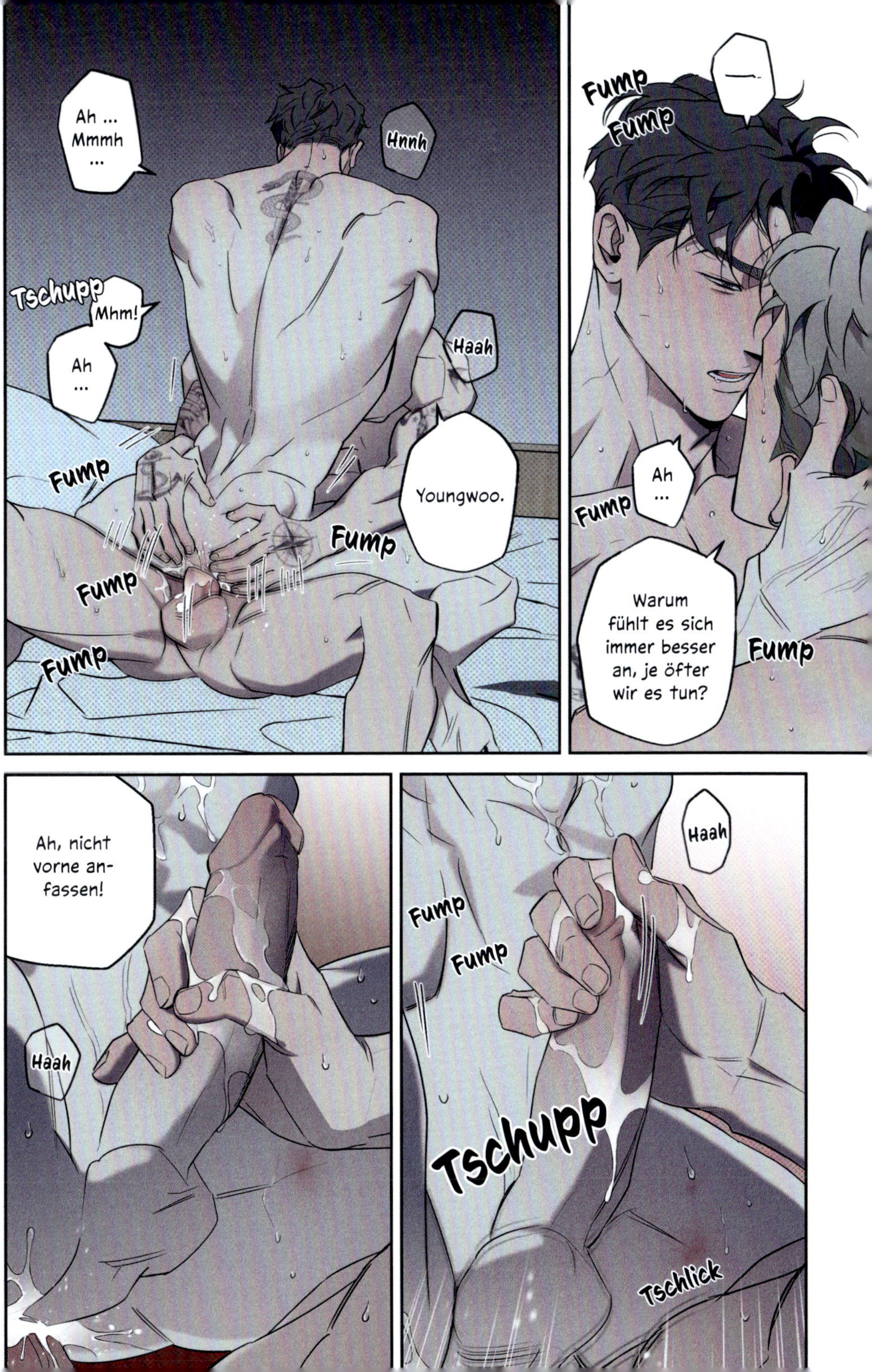
Ah ...
Mmmh
...
Hnnh
Tschupp
Mhm!
Ah
...
Haah
Youngwoo.
Fump
Fump
Fump
Fump
Fump
Fump
—...
Ah
...
Fump
Warum fühlt es sich immer besser an, je öfter wir es tun?
Fump
Ah, nicht vorne an-
fassen!
Haah
Haah
Fump
Fump
Tschupp
Tschlick

Ugh ... Ahhh ...
Tschlick
Tschupp
Haah
Fump
Fump
Mmh
Mmmh
Hier? Ja? So?
Fump
Fump
Hnnh
Haah
Hah ... Auch wenn du es mit anderen Typen treibst ...
... sollst du an mich denken, wenn du kommst.
Ah
Fuck.
Fump
Mmh
Wramm
Fump
Wramm
Verstanden?
Ahhh ...
Splitt
Splitt

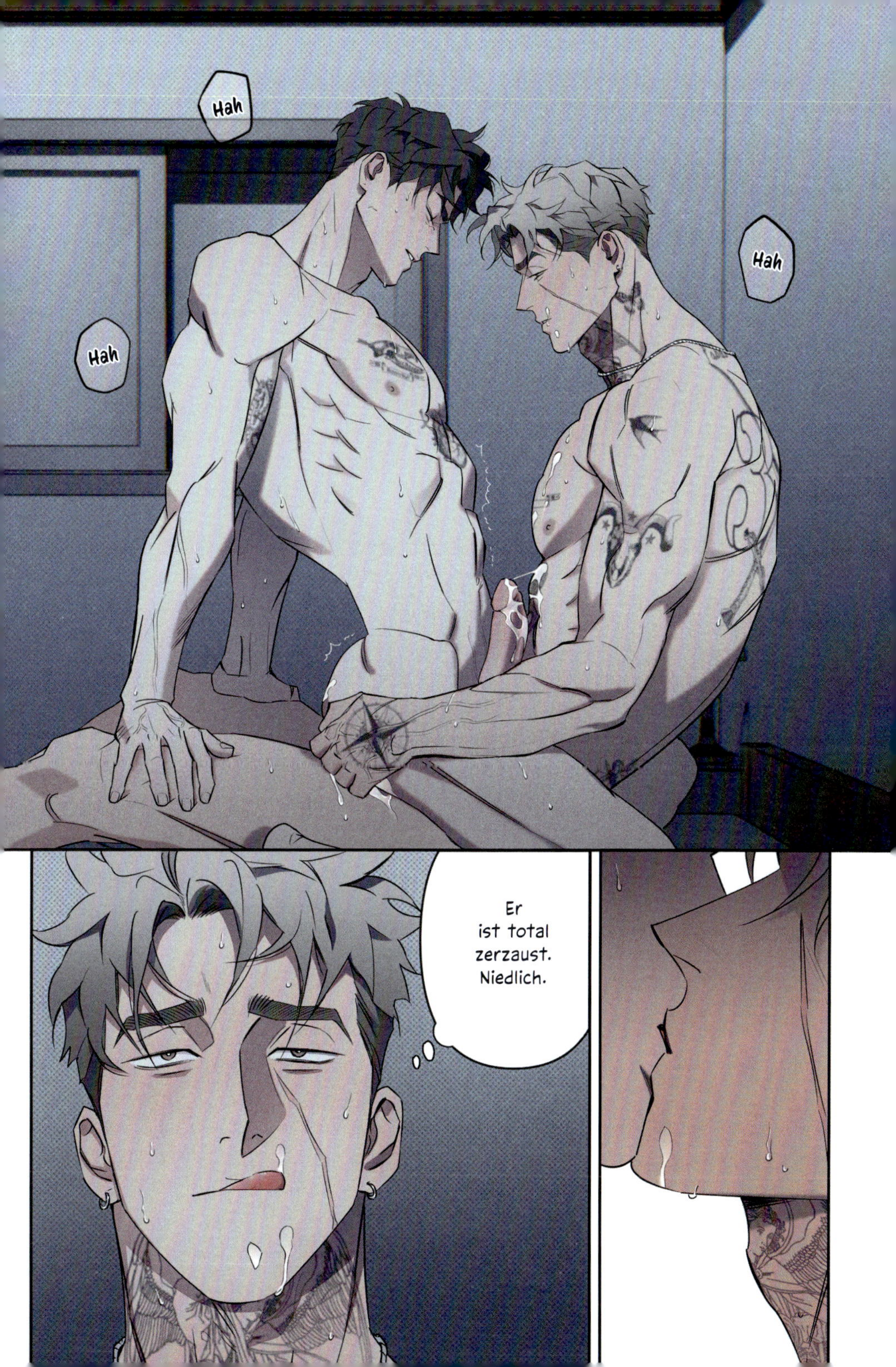
Hah
Hah
Hah
Er ist total zerzaust. Niedlich.

Fschhh
Klapper
Klapper
Jo!
Der Arzt sagte, dass ich nächs-te Woche wieder anfangen kann zu arbeiten. Du musst also nicht mehr aushelfen.
Ich hab mir wirklich Sorgen gemacht, als ich mir eine Auszeit nehmen musste. Vielen Dank für deine Hilfe.

Ach was, ich bleibe gern noch ein bisschen länger und helfe aus. Du solltest dich nicht übernehmen.
Ja, wirklich?
Ich weiß das zu schätzen, aber meintest du nicht, dass du vor der Uni eine Rucksacktour durch Australien machen willst?
Nun ja ...
Eigentlich wollte ich das tun, aber dann hab ich mich doch umentschieden.
Was? Warum?
Echt? Das ist seltsam. Normalerweise tust du so, als würdest du eingehen, wenn du zu lange an einem Ort bleibst.
Na ja, mein letzter Urlaub ist noch nicht so lange her, also dachte ich, dass ich es diesen Winter einfach ruhig angehe und zu Hause bleibe.
!

Sag bloß ...
... du hast hier ein Mädchen getroffen, das dir gefällt?
Sie gibt wirklich nicht auf, oder?
Nein, das ist es nicht.

Mir gefällt es einfach ...
... hier zu leben.

Hab ich es vielleicht etwas über-trieben?

Swit
Hat er wirklich vor, ein ganzes Jahr lang weg zu sein?

Ich habe ihm mehr als genug Zeit gegeben. Es wird Zeit, dass er aufhört umherzuirren.
...
Knarr
Youngwoo ...
... komm zurück.

Ich glaube, meine Geduld ist allmählich am Ende.

Fortsetzung folgt

WET SAND

BJ Alex

Mingwa

Im Alltag des Studenten Dong-Gyun herrscht wortwörtlich tote Hose. Nur dank des Live Camboys Alex kommt jeden Abend etwas Feuer in sein einsames Sexleben. Als er auf einer Studentenparty über die Stränge schlägt und einen Filmriss erleidet, ist jedoch Schluss mit einsam. Denn in seiner Wohnung ist ein Kerl oben ohne, der verdächtig wie Alex aussieht.

Boys Love 18 +

On or Off

A1

Student Yiyoung ist ein wahrer Glückspilz. Er sieht nicht nur blendend aus, sondern ist drauf und dran mit seinen Freunden ein Start-up zu gründen. Dazu muss er lediglich die SJ Corporation bei einem Vortrag als Sponsor gewinnen. Doch plötzlich kommt alles anders als geplant. Denn der zuständige Direktor Daehyung Kang ist genau Yiyoungs Typ!

Hyperventilation

Bboungbbangkkyu

Zu seiner Schulzeit war der an einer Lungenkrankheit leidende Myeong ein Außenseiter. Als er neun Jahre später auf einem Klassentreffen seine alten Schulkameraden wieder trifft, muss er jedoch feststellen, dass sich vieles verändert hat. Doch gilt dies auch für seine unerwiderten Gefühle für den damaligen Klassensprecher Seon-Ho?

Killing Stalking

Koogi

Außenseiter Bum Yoon wird von allen gemobbt. Als ihm der gut aussehende Sangwoo zu Hilfe kommt, verliebt er sich Hals über Kopf in ihn. Doch aus seiner Schwärmerei wird bald eine echte Obsession, die ihn so weit treibt, in Sangwoos Haus einzubrechen. Und dort wird schnell klar, dass der Sonnyboy ein dunkles Geheimnis verbirgt und Bum Yoon so schnell auch nicht wieder gehen lassen wird …

altraverse

Deutsche Ausgabe / German Edition
Altraverse GmbH – Hamburg 2023
Aus dem Koreanischen von Melina Honnef

WET SAND vol.1

Redaktion: Anne Faltin
Herstellung: Michaela Müller
Lettering: Vibrant Publishing Studio

Druck: Silber Druck oHG
Printed in Germany

ISBN 978-3-7539-1609-5
1. Auflage 2023

www.altraverse.de